沈从文读库

凌宇 主编

文论卷

用人心人事作曲

沈从文 著

CNS 湖南文艺出版社

VOL.12

图书在版编目（CIP）数据

用人心人事作曲 / 沈从文著. -- 长沙：湖南文艺出版社，2024.3
（沈从文读库）
ISBN 978-7-5726-1452-1

Ⅰ. ①用… Ⅱ. ①沈… Ⅲ. ①沈从文（1902-1988）—文学创作方法 Ⅳ. ①I206.6

中国国家版本馆CIP数据核字(2023)第186746号

沈从文读库
用人心人事做曲
YONG RENXIN RENSHI ZUOQU

作　　者：沈从文
总 策 划：彭　玻
主　　编：凌　宇
执行主编：吴正锋　张　森
出 版 人：陈新文
监　　制：谭菁菁
统　　筹：徐小芳
责任编辑：向朝晖
书籍设计：萧睿子
插　　画：蔡　皋
排　　版：刘晓霞
校对统筹：黄　晓
印制总监：李　阔

出版发行：湖南文艺出版社
（长沙市雨花区东二环一段508号　邮编：410014）
印　　刷：湖南天闻新华印务有限公司
开　　本：880 mm×1230 mm　1/32
印　　张：9
字　　数：157千字
版　　次：2024年3月第1版
印　　次：2024年3月第1次印刷
书　　号：ISBN 978-7-5726-1452-1
定　　价：46.00元
（如有印装质量问题，请直接与本社出版科联系调换）

沈从文读库·序

凌　宇

作为一代文学大师，沈从文在中国现代文学史上，具有举足轻重且无可替代的地位。早在20世纪30年代，沈从文即被鲁迅称为自"五四"新文学以来"最优秀的作家"之一，且被同时代作家视为"北京文坛的重镇"。尽管在1949至1979年间因"历史的误会"，他的文学作品遭遇了被冷漠、贬损，且几乎湮灭的运命，但自20世纪80年代以降，对沈从文及其文学成就的认识，就一直"行情上涨"，并迭经学术界关于沈从文是大家还是名家、是否文学大师之争，其文学史地位节节攀升。如今，随着研究的不断深入与拓展，沈从文已毫无疑问地成为现代文学史上不可绕过的重要存在。湖南文艺出版社拟出的这套《沈从文读库》，共12卷，涵盖沈从文的小说、散文、游记、自传、杂文、文论、诗歌以及书信等，全面展示了沈从文文学创作的丰富面貌。

沈从文的文学成就，首先在于他构筑了堪与福克纳笔下的“约克纳帕塔法”世系相媲美的湘西世界，并以此为原点，对神性——生命的最高层次进行诗性观照与哲性探索。20世纪20年代末至30年代中期，在《神巫之爱》《月下小景》这类浪漫传奇小说和《三三》《萧萧》等诸多乡村小说中，沈从文成功地构建起一个“神之存在，依然如故”的湘西世界。与之对照的，则是以《八骏图》为代表的都市题材作品中所展现的城里人的生存情状。以人性合理与否为基准，沈从文对城里人的生命状态进行批判，并因此将现代社会称作“神之解体”时代。然而，沈从文对人性的思考，并没有停留在“城里人—乡下人”的二元对立框架，在理性层面完成他的都市批判的同时，也完成着他对乡下人的现代生存方式的沉重反思。沈从文以湘西为题材创作的一个重要组成部分如《柏子》《会明》《虎雏》《丈夫》等，都是将乡下人安置在现代社会环境中叙述其命运的必然流程。在《边城》《萧萧》《湘行散记》等作品中，沈从文既保留了对乡下人近乎自然的生命形态的肯定，又立足于启蒙理性角度，书写了这一“不悖乎人性”的生命在现代社会的悲剧命运，一种浓重的乡土悲悯浸润在作品的字里行间。

不过，面对令人痛苦的现实，沈从文既没有如同废名式地从对人生的绝望走向厌世，也没有如同鲁迅式地走向决绝的反传统，他所寻觅的是存在于前现代文明中的具有人类共有价值的文化因子，并希望他笔下人物的正直与热情“保留些本质在年青人的血里或梦里”，以实现民族品德的重造。这一思考，在20世纪40年代达到顶点。面对大多数人重生活轻生命，重现实实利而从不“向远景凝眸”，在一切都被“市侩的人生观”推行之时，沈从文希冀来一次全面的“清洁运动”，用文字作工具，实现民族文化的经典重造。他不仅在抽象层面对生命与自然、美与爱、生与死等进行一系列哲性探寻——这导致他在这一时期创作了《烛虚》《水云》《七色魇》等大量哲思类散文；同时也在具象层面积极介入社会现实，对青年、家庭、战争、文学、政治等具体问题进行探讨——此期杂文和文论数量明显增多。他对生命的思考，也就由最初的湘西自然神性转入对普泛意义上的人类生命神性的探索。他以“美”与“爱”为核心，力图恢复被现代文明压抑的自然生命，在“神之解体”时代重构生命的理想之境，这在某种程度上也使得他的文学思想得以超越当时具体的历史境遇，而指向对民族未来乃至人类生存方式的终极关怀。

1949年后，沈从文将主要精力转入文物研究，但他的文学思考并未止步。他在清华园休养期间的“呓语狂言”，如《一个人的自白》《关于西南漆器及其他》等，是他对自我精神和思想的深入解剖，其风格近似20世纪40年代的抽象类散文。他与张兆和的不少信件，如其中对《史记》的言说，对四川乡村风物的叙述，对文学艺术的看法等，都可视作书信形式的散文。这些文字勾勒出沈从文试图改造自我以适应新社会，与坚守自我、守望生命本来之间矛盾复杂的思想轨迹，这一矛盾既表现在他的文学观上，也体现在他的人生观上。

时至21世纪，科技日新月异，人工智能时代已经到来，然而人类并没因此解决好自身的问题，相反，经历了新冠疫情并进入后疫情时代的人们陷入更大的生存困境。在科技发展到顶峰之时，人类又将何去何从？今天的人们同样面临着沈从文当年所面对的种种问题。而他的诸多思考，如对进入现代工业文明以来人类不断背离自我、背离自然的反思，对现代人“所得于物虽不少，所得于己实不多”的状态的审视，以及强调哲学对科学的补救、对历史作“有情”观照等，都具有一种独特的眼光和前瞻意识，对当下与未来的中国乃至世界依然具有重要的启示。

沈从文曾说，“在一切有生陆续失去意义，本身亦因死亡毫无意义时”，唯有文字能“使生命之光，煜煜照人，如烛如金”。他希冀借助文字的力量，“重新燃起年青人热情和信心”，让高尚的理想在“更年青的生命中发芽生根，郁郁青青”。经典从不过时，相信今天的人们仍能从他的作品中获得启发，有所会心，这也正是出版这套文库的目的所在。

目 录

我的写作与水的关系

在我一个自传里，我曾经提到过水给我的种种印象。檐溜，小小的河流，汪洋万顷的大海，莫不对于我有过极大的帮助，我学会用小小脑子去思索一切，全亏得是水，我对于宇宙认识得深一点，也亏得是水。

“孤独一点，在你缺少一切的时节，你就会发现原来还有个你自己。”这是一句真话。我有我自己的生活与思想，可以说是皆从孤独得来的。我的教育，也是从孤独中得来的。然而这点孤独，与水不能分开。

年纪六岁七岁时节，私塾在我看来实在是个最无意思的地方。我不能忍受那个逼窄的天地，无论如何总得想出方法到学校以外的日光下去生活。大六月里与一些同街比邻的坏小子，把书篮用草标各作下了一个记号，搁在本街土地堂的木偶身背后，就洒着手与他们到城外去，攒入高可及身的禾林里，捕捉禾穗上的蚱蜢，虽肩背为烈日所烤炙，也毫不在意。耳朵中只听到各处蚱蜢振翅的声音，全个心思只顾去追逐那种绿色黄色跳跃伶便的小生物。到后看看所得来的东西已尽够一顿午餐了，方到河滩边去洗濯，拾些干草枯枝，用野火来烧烤蚱蜢，把这些东西当饭吃。直到这些小生物完全吃尽后，大家于是脱光了身子，用大石压着衣裤，各自从悬崖高处向河水中跃去。就这样泡在河水里，一直到晚方回家去，挨一顿不可避免的痛打。有时正在绿油油禾田中活动，有时正泡在水里，六月里照例的行雨来了，大的雨点夹着吓人的霹雳同时来到，各人匆匆忙忙逃到路坎旁废碾坊下或大树下去躲避，雨落得久一点，一时不能停止，我必一面望着河面的水泡，或树枝上反光的叶片，想起许多事情。所捉的鱼逃了，所有的衣湿了，河面溜走的水蛇，钉固在大腿上的蚂蟥，碾坊里的母黄狗，挂在转动不已大水车上的起花人肠子，因为雨，制止了我身体的活动，心中便把一切看见的经过的皆记忆温习起来了。

也是同样的逃学，有时阴雨天气，不能向河边走去，我便上山或到庙里去，在庙前庙后树林或竹林里，爬上了这一株，到上面玩玩后，又溜下来爬另外一株。若所爬的是竹子，必在上面摇荡一会，爬的是树木，便看看上面有无鸟巢或啄木鸟孵卵的孔穴。雨落大了，再不能作这种游戏时，就坐在楠木树下或庙门前石阶上看雨。既还不是回家的时候，一面看雨一面自然就需要温习那些过去的经验，这个日子方能发遣开去。雨落得越长，人也就越寂寞。在这时节想到一切好处也必想到一切坏处。那么大的雨，回家去说不定还得全身弄湿，不由得有点害怕起来，不敢再想了。我于是走到庙廊下去为作丝线的人牵丝，为制棕绳的人摇绳车。这些地方每天照例有这种工人作工，而且这种工人照例又还是我很熟习的人。也就因为这种雨，无从掩饰我的劣行，回到家中时，我便更容易被罚跪在仓屋中。在那间空洞寂寞的仓屋里，听着外面檐溜滴沥声，我的想象力却更有了一种很好训练的机会。我得用回想与幻想补充我所缺少的饮食，安慰我所得到的痛苦。我因恐怖得去想一些不使我再恐怖的生活，我因孤寂又得去想一些热闹事情方不至于过分孤寂。

到十五岁以后，我的生活同一条辰河无从离开，我在那条河流边住下的日子约五年。这一大堆日子中我差不多无日不与河水发生关系。走长路皆得住宿到桥边与渡头，值得回忆的哀乐人事常是湿的。至少我还有十分之一的时间，是在那条河水正流与支流各样船只上消磨的。从汤汤流水上，我明白了多少人事，学会了多少知识，见过了多少世界！我的想象是在这条河水上扩大的。我把过去生活加以温习，或对未来生活有何安排时，必依赖这一条河水。这条河水有多少次差一点儿把我攫去，又幸亏他的流动，帮助我作着那种横海扬帆的远梦，方使我能够依然好好的在人世中过着日子！

再过五年，我手中的一支笔，居然已能够尽我自由运用了，我虽离开了那条河流，我所写的故事，却多数是水边的故事。故事中我所最满意的文章，常用船上水上作为背景。我故事中人物的性格，全为我在水边船上所见到的人物性格。我文字中一点忧郁气分，便因为被过去十五年前南方的阴雨天气影响而来。我文字风格，假若还有些值得注意处，那只因为我记得水上人的言语太多了。

再过五年后，我的住处已由干燥的北京移到一个明朗华丽的海边。海既那么宽泛无涯无际，我对人生远景凝眸的机会便较多了些。海边既那么寂寞，他培养了我的孤独心情。海放大了我的感情与希望，且放大了我的人格。

我年轻时读什么书

每个人认了不少单字，到应当读书的年龄时，家中大人必为他选择种种“好书”阅读。这些好书在“道德”方面照例毫无瑕疵，在“兴味”方面也照例十分疏忽。中国的好书其实皆只宜于三四十岁人阅读，这些大人的书既派归小孩子来读，自然有很大的影响，就是使小孩子怕读书，把读书认为是件极其痛苦的事情。有些小孩从此成为半痴，有些小孩就永远不肯读书了。一个人真真得到书的好处，也许是能够自动看书时，就家中所有书籍随手取来一本两本加以浏览，因之对书发生浓厚兴趣，且受那些书影响成一个人。

我第一次对于书发生兴味，得到好处，是五本医书。(我那时已读完了《幼学琼林》与《龙文鞭影》。《四书》也已成诵。这几种书简直毫无意义。)从医书中我知道鱼刺卡喉时，用猫口中涎液可以治愈。小孩子既富于实验精神，家中恰好又正有一只花猫，因此凡家中人被鱼刺卡着时，我就把猫捉来，实验那丹方的效果。又知道三种治癣疥的丹方，其一，用青竹一段，烧其一端，就一端取汁，据说这水汁就了不得。其二，用古铜钱烧红淬入醋里，又是一种好药。其三，烧枣核存性，用鸡蛋黄炒焙出油来，调枣核末，专治瘌痢头。这部书既充满了有幻术意味的丹方，常常可实验，并且因这种应用上使我懂得许多药性，记得许多病名。

我第二次对于书发生兴味，得到好处，是一部《西游记》。前一书若养成我一点幼稚的实验的科学精神，后一书却培养了我的幻想，使我明白与科学精神相反那一面种种的美丽。这本书混合了神的尊严与人的谐趣——一种富于泥土气息的谐趣。当时觉得它是部好书，到如今尚以为比许多堂皇大著还好。它那安排故事刻画人物的方法，就是个值得注意的方法。读书人千年来，皆称赞《项羽本纪》，说句公道话，《项羽本纪》中那个西楚霸王，他的神气只能活在书生脑子里。至于《西游记》上的猪悟能，他虽时时刻刻腾云驾雾，（驾的是黑云！）依然是个人。他世故，胆小心虚，又贪取一点小便宜，而且处处还装模作样，却依然是个很可爱的活人。读者——尤其是青年读者——若想在书籍中找寻朋友，猪悟能比楚霸王好像更是个好朋友。

我第三次看的是一部兵书，上面有各种套彩阵营的图说，各种火器的图说，看来很有趣味。家中原本愿意我世袭云骑尉，我也以为将门出将是件方便事情。不过看了那兵书残本以后，他给了我一个转机。第一，证明我体力不够统治人；第二，证明我行为受拘束忍受不了，且无拘束别人行为的兴味。而且那书上几段孙吴治兵的心法，太玄远抽象了，不切于我当前的生活，从此以后我的机会虽只许可我作将军，我却放下这种机会，成为一个自由人了。

这三种书帮助我，影响我，也就形成我性格的全部。

给一个读者

××先生：

来信已见到，谢谢。你说“关于写小说的书，什么书店什么人作的较好”。我看过这样书八本，从那些书上明白一件事，就是：凡编著那类书籍出版的人，他自己绝不能写创作，也不能给旁的作者多少帮助。那些书不管书名如何动人，内容皆不大合于事实。他告你们“秘诀”，但这件事若并无秘诀可言，他玩的算个什么把戏，你想想也就明白了。真真的秘诀是多读多做，但这个已是一句老话了，不成其为秘诀的。我只预备告你几句话，虽然平淡无奇，也许还有一点用处，可作你的参考。

据我经验说来，写小说同别的工作一样，得好好的去“学”。又似乎完全不同别的工作，就因为学的方式可以不同。从旧的各种文字，新的各种文字，理解文字的性质，明白它的轻重，习惯于运用它们，这工作很简单，落实，并无神秘，不需天才，好像得看一大堆“作品”方有结论的。你说你也看了不少书，照我的推测，你看书的方法或值得讨论。从作品上了解那作品的价值与趣味，这是平常读书人的事。一个作者读书呢，却应从别人作品上了解那作品整个的分配方法，注意它如何处置文字如何处理故事，也可以说看得应深一层。一本好书不一定使自己如何兴奋，却宜于印象底记着。一个作者在别人好作品面前，照例不会怎么感动，在严重事件中，也不怎么感动——作品他知道这是写出来的，人事他知道无一不十分严重。他得比平常人冷静些，因为他在看，分析，批判。他必须静静的看，分析，批判，自己写时方能下笔，方有可写的东西，写下来方能够从容而正确。文字是作家的武器，一个人理会文字的用处，比旁人渊博，善于运用文字，正是他成为作家条件之一。几年来有个趋向，多数人以为文字艺术是种不必注意的小技巧。这有道理。不过这些人似乎并不细细想想，没有文字，什么是文学。《诗经》与山歌不同，不在思想，还在文字！一个作家思想好，决不至于因文字也好反而使他思想变坏。一个性情幽默知书识字的剃头师傅，能如老舍先生使用文字，也就有机会成为老舍先生。若不理解文字，也不能使用文字，那就只好成天挑小担儿，各处做生意，就墙边太阳下给人理发，一面工作一面与主顾说笑话去了。写小说，想把作品涉及各方面生活，一个人在事实上不可能，在作品上却俨然逼真，这成功也靠文字。文字同颜料一样，本身是死的，会用它就会活。作画需要颜色，且需要会调弄颜色。一个作家不注意文字，不懂得文字的魔力，有好思想也表达不出这种好思想。作品专重文字自然会变成四六文章（指骈体文。因骈体文多用四言六字句于排比、对偶——编者注）。我并不要你专注重文字。我意思是一个作家应了解文字的性质，这方面知识越渊博，越容易写作品。

写小说应看一大堆好作品，而且还应当如何去看，方能明白，方能写，上面说的是我的意见。至于理论或指南作法一类书，我认为并无多大用处。这些书我就看不懂。我不明白写这些书的人，在那里说些什么话。若照他们说出的方法来写小说，许多作者一年中恐怕不容易写两个像样短篇了。小说原理小说作法那是上讲堂用的东西，至于一个作家，却只应看一堆作品，作无数次试验，从种种失败上找经验，慢慢的完成他那个工作。他应当在书本上学安排故事，使用文字，却另外在人事上学明白人事。每人因环境不同，欢喜与憎恶皆不相同。同一环境中人，又会因体质不一，爱憎也不一样。有张值洋一千元的钞票，掉在地上，我见了也许拾起来交给警察，你拾起来也许会捐给慈善机关，但被一个商人拾去呢？被一个划船水手拾去呢？被一个妓女拾去呢？你知道，用处皆不会相同的。男女恋爱也如此，男女事在每一个人解释下皆成为一种新的意义。作战也如此，每个军人上战场时感情皆不相同。作家从这方面应学的，是每一件事各以身分性别而产生的差别。简单说来就是"求差"。应明白每种人为义利所激发的情感如何各不相同。又譬如胖一点的人脾气常常很好，且易中风，瘦人能够跑路，神经敏锐，广东人爱吃蛇肉，四川人爱吃辣椒，北方人赶骆驼的也穿皮衣，四月间房子里还升火，河南河北山西乡村妇女如今还缠小脚，这又是某一地方多数人相同的。这是"求同"。求同知道人的类型，求差知道人的特性。我们能了解什么事有他的"类型"，凡属这事皆相去不远。又知道什么事有他的"特性"，凡属个人皆无法强同。这些琐琐知识越丰富，写文章也就容易下笔了。知道太少，那写出来的就常常"不对"。好作品照例使读者看来很对，很近人情，很合式。一个好作品上的人物，常使人发生亲近感觉。正因为他的爱憎，他的声音笑貌，皆是一个活人。这活人由作者创造，作者可以大胆自由来创造，不怕说谎，创造他的人格与性情，第一条件，是安排得“对”。他可以把工人角色写得性格极强，嗜好正当，人品高贵，即或他并不见到这样一个工人，只要写得对就成。但他如果写个工人有三妻六妾，会做诗，每天又作什么什么，就不对了。把身分、性情、忧乐安排得恰当合理，这作品文字又很美，很有力，便可以希望成为一个好作品的。

不过有些人既不能看“一大堆”书，又不能各处跑，弄不明白人事中的差别或类型，也说不出这种差别或类型，是不是可以写得出好作品？换一个说法，就是假使你这时住在南洋，所见所闻皆不能越出南洋天地以外，可读的书又仅仅几十本，是不是还可希望写几个大作品？据我想来也仍然办得到。经验世界原有两种方式，一是身临其境，一是思想散步。我们活到二十世纪，正不妨写十五世纪的历史小说。我们谁皆缺少死亡的经验，然而也可以写出死亡的一切。写牢狱生活的不一定亲自入狱，写恋爱的也不必需亲自恋爱。虽然这举例不大与上面要说的相合，譬如这时要你写北平，恐怕多半写不对。但你不妨就“特点”下笔。你不妨写你身临其境所见所闻的南洋一切。你身边只有《红楼梦》一部，就记熟他的文字，用那点文字写南洋。你好好的去理解南洋的社会组织，丧庆仪式，人民观念与信仰，上层与下层的一切，懂得多而且透彻，就这种特殊风光作背景，再注入适当的幻想成分，自然可以写得出很动人故事的。你若相信用破笔败色在南洋可以画成许多好画，就不妨同样试来用自己能够使用的文字，以南洋为中心写点东西。当前自然便不免发生一种困难，便是作品不容易使人接受的困难。这就全看你魄力来了。你有魄力同毅力，故事安置的很得体，观察又十分透彻，写它时又亲切而近人情，一切困难皆不足妨碍你作品的成就。（我们读一百年前的俄国小说，作品中人物还如同贴在自己生活上，可以证明只要写得好，经过一次或两次翻译也还仍然能接受的。）你对于这种工作有信心，不怕失败，总会有成就的。我们作人照例受习惯所支配，服从惰性过日子。把观念弄对了，向好也可以养成一种向好的惰性。觉得自己要去做，相信自己做得到，把精力全部皆搁在这件工作上，征服一切皆无困难，何况提起笔来写两个短篇小说？

你说“一个作者应当要多少基本知识？”这不是几句话说得尽的问题。别的什么书上一定有这个答案。但答案显然全不适于实用。一个大兵，认识方字一千个左右，训练得法，他可以写出很好的故事。一个老博士，大房子里书籍从地板堆积到楼顶，而且每一本书皆经过他圈点校订，假定说，这些书全是诗歌吧，可是这个人你要他自作一诗时，也许他写不出什么好诗。这不是知识多少问题，是训练问题。你有两只脚，两只眼睛，一个脑子，一只右手，想到什么地方就走去，要看什么就看定它，用脑子记忆，且把另一时另一种记忆补充，要写时就写下它，不知如何写时就温习别的作品是什么样式完成，如此训练下去，久而久之，自然就弄对了。学术专家需要专门学术的知识，文学作者却需要常识和想象。有丰富无比的常识，去运用无处不及的想象，把小说写好实在是件太容易的事情了。懒惰畏缩，在一切生活一切工作上，皆不会有好成绩，当然也不能把小说写好。谁肯用力多爬一点路，谁就达到高一点的峰头。历史上一切伟大作品，皆不是偶然成功的。每个大作家皆得经过若干次失败，受过许多回挫折，流过不少滴汗水，方把作品写成。你虽不见过托尔斯泰，但你应当相信托尔斯泰这个人的伟大，还只是一双眼睛、一个脑子、一只右手作成的。你如今不是也有两只光光的眼睛，一个健全的脑子，一只强壮的右手吗？你所处的环境，所见的世界，实在说来还比托尔斯泰更幸运一些，你还怕什么？你担心无出路，你是不是真想走路？你不宜于在迈步以前惶恐，得大踏步走向前去。一个作者的基本条件，同从事其余事业的人一样，要勇敢，有恒，不怕失败，不以小小成就自限。

给一个写诗的

××：

你寄来的诗都见到了，在修辞方面稍稍有些不统一处，但并不妨碍那些好处。

你的笔写散文似乎比诗方便适宜点。因为诗有两种方法写下去：一是平淡，一是华丽。或在思想上有幻美光影，或在文字上平妥匀称，但同时多少皆得保守到一点传统形式，才有一种给人领会的便利。文学革命意义，并非是“全部推翻”，大半是“去陈就新”。形式中有些属于音律的，在还没有勇气彻底否认中国旧诗的存在以前，那些东西是你值得去注意一下的。“自由”在一个作者观念上，与“漫无限制”稍不相同。胡乱写一点感想，不能算诗，思想混杂信手挥洒写来更不成诗。一个感情丰富的人可以写诗却并不一定写好诗。好诗同你说的那种天才并无关系，却极与生活的体念和工夫有关系。因为要组织，文字在一种组织上才会有光有色。你莫“随便”写诗，诗不能随便写。应当节制精力，蓄养锐气，谨慎认真的写。

我说的话希望并不把你写诗的锐气和豪兴挫去，却能帮助你写它时细心一点。单是文字同思想，不加雕琢同配置，正如其他材料一样，不能成为艺术，你是很明白的。要选择材料，处置它到恰当处，古人说的“推”“敲”那种耐烦究讨，永远可以师法。金刚石虽是极值钱的东西，却要一个好匠人才磨出它的宝光来，石头虽是不值钱的东西，也可以由艺术家手上产生无价之宝。一切艺术价值的形成，不是单纯的“材料”，完全在你对于那材料使用的思想与气力。把写诗当成比写创作小说容易的，把写诗当成同写杂感一样草率的，都不容易攀到艺术高处去。因为尽有些路看来很近走去很远的，耐心缺少永远却走不到头。

你的创作小说同你的诗有同样微疵，想找出个共通的毛病，我说它写作时似乎都太“热情”了一点。这种热情除了使自己头晕以外，没有一点好处可以使你作品高于一切作品。在男女事上热情过分的人，除了自己全身发烧做出一些很孩气可笑的行为外，并不会使女人得到什么，也不能得到女人什么。

那些写得出充满了热情的作品的人，都并不是自己头晕的人。我同你说说笑话，这世上尽有许多人本身是西门庆，写《金瓶梅》的或许是一个和女性无缘纠缠的孤老。世上有无数人成天同一个女人搂抱在一处，他们并不能说到女人什么，某君也许从来没有看到过一个光身子女人，他却写了许多由你们看来仿佛就像经验过的荒唐行为。一个作家必需使思想澄清，观察一切体会一切方不至于十分差误。他要“生活”，那只是要“懂”生活，不是单纯的生活。他需要有个脑子，单是脊髓可不成。更值得注意处，是应当极力避去文字表面的热情。我的意见不是反对作品热情，我想告给你的是你自己写作时用不着多大兴奋。神圣伟大的悲哀不一定有一摊血一把眼泪，一个聪明作家写人类痛苦是用微笑表现的。

许多较年青的朋友，写作时全不能节度自己的牢骚，失败是很自然的。那么办，容易从写作上得到一种感情排泄的痛快（恰恰同你这样廿二岁的青年，接近一个女孩子时能够得到精力排泄的痛快一样），成功只在自己这一面，作品与读者对面时，却失败了。

给一个写小说的

××：

前一时因有事不能来光华看热闹，要你等候，真对不起。文章能多写也极好，在目前中国，作者中有好文章总不患无出路的。许多地方都刊登新作品，虽各刊物主持人，皆各有兴味，故嗜好多有不同，并且有些刊物，为营业不得不拖名人，有些刊物有政治作用，更不得不拉名人，对新作家似乎比较疏忽。很可喜的是近来刊物多，若果作者有文章不太坏，此处不行别一处还可想法。也仍有各处碰壁终于无法可想的，也有一试即着的，大致新作品若无勇气去“承受失败”，也就难于“保守成功”，因近来几个“成功”者，在过去一时，也是失败的过来人。依我看，目前情形真比过去值得乐观多了，因作编辑的人皆有看作品的从容和虚心，好编辑并不缺少，故埋没好作品的可说实在很少。不过初写时希望太大，且太疏忽了稍前一点的人如何开辟了这一块地，所用过的是如何代价，一遭失败，便尔灰心，似乎非常可惜。譬如××，心太急，有机会可以把文章解决，也许反而使自己写作受了限制，无法进步了。把“生活”同“工作”连在一处，最容易于毁坏创作成就。我羡慕那些生活比较从容的朋友。我意思，一个作家若“勇于写作”而“怯于发表”，也是自己看重自己的方法，这方法似乎还值得你注意。把创作欲望维持到发表上，太容易疏忽了一个作品其所以成为好作品的理由，也太容易疏忽了一个作者其所以成为好作者的理由。自己拘束了自己，文章就最难写好。他“成功”了，同时他也就真正“失败”了。

作品寄去又退还这是极平常的事，我希望你明白这些灾难并不是新作家的独有灾难，所谓老作家无一不是通过这种灾难。编辑有编辑的困难，值得同情的困难。有他的势利，想支持一个刊物必然的势利。我们尊重旁人，并不是卑视自己。我们要的信心是我们可以希望慢慢的把作品写好，却不是相信自己这一篇文章就怎么了不起的好。如果我们自己当真还觉得需要尊重自己，我们不是应当想法把作品弄好再来给人吗？许多作品，刊载到各刊物上，又印成单行本子，即刻便又为人忘掉了，这现象，就可以帮助我们认明白怯于发表不是一个坏主张。我们爬“高山”就可以看“远景”，爬到那最高峰上去，耗费的气力也应当比别人多。让那些自己觉得是天才的人很懒惰而又极其自信，在一点点工作成就上便十分得意，我们却不妨学伟大一点，把工夫磨炼自己，写出一点东西，可以证明我们的存在，且证明我们不马虎存在。在沉默中努力吧，这沉默不是别的，它可以使你伟大！你瞧，十年来有多少新作家，不是都冷落下来为人渐渐忘记了吗？那些因缘时会攀龙附凤的，那些巧于自画自赞煊赫一时的，不是大都在本身还存在的时候，作品便不再保留到人的记忆里吗？若果我们同他们一样，想起来是不是也觉得无聊？

我们若觉得那些人路走得不对，那我们当选我们自己适宜的路，不图速成，不谋小就，写作不基于别人的毁誉，而出于一个自己生活的基本信仰（相信一个好作品，可以完成一个真理，一种道德，一些智慧），那么，我们目前即不受社会苛待，也还应当自己苛待自己一点了。自己看得很卑小，也同时做着近于无望的事，只要肯努力，却并不会长久寂寞的。

文学是一种事业，如其他事业一样，一生相就也不一定能有多少成就，同时这事业上因天灾人祸失败又多更属当然的情形，这就要看作者个人如何承当这失败而纠正自己，使它同生活慢慢的展开，也许经得住时代的风雨一点。把文学作企业看，却容许侥幸的投机，但基础是筑在浮沙上面，另一个新趣味一来，就带走了所已成的地位，那是太游戏，太近于“白相的”文学态度了。

白相的文学态度的不对，你是十分明白的。

给一个作家

××：

我住昆明附近的乡下，假中无事不常进城，因此寄××信件，十天半月方能见到。××已从香港逃出到桂林，有机会演戏，大致还是要带病上台做戏。凡事能热心到“发疯”程度，自然会有成就。只可惜好剧本并不多，导演难找寻，一个班子能通力合作更不容易，因此××走到各处，似乎都不大如意。不过她那点对事热心处，还是令人钦佩。因为各种挫折失败中，还能有信心和勇气去支持理想，实在是少有的！这个问题一面受事实限制，一面要达到理想，一面得应付人，一面得……，比你我坐在家中关上门来写小说，困难累人多了。

关于写作事，我知道的极有限。近来看到许多并世作家写的“创作指南”一类文章，尤不明白那是什么意思。若照那个方式试验，我想若派我完成任何作品都是不可能的。我虽写了些小故事，只能说是习作，因为这个习作态度，所以容许自己用一支笔去“探险”，从各种方式上处理故事，组织情节，安排文字。且从就近着手，写到湘西方面便也特别多。在种种试验中，如有小小篇章能使读者满意，那成功是偶然的；如失败，倒是当然！（为的是我从不就他人所谓成功路上走去，我有我自己的方向，自己的目的。）失败时也不想护短，很希望慢慢的用笔捉得住文字，再用文字捉得住所要写的问题，能写些比较完美而有永久性的东西。就写作愿望说，我还真像有点俗气，因为只想写小故事，少的三五千字，至多也不过七八万字，写成后也并不需要并世异代批评家认为杰作，或万千读者莫名其妙赞美与爱好，只要一二规矩书店肯印行，并世百年内还常有几十个会心读者，能从我作品中仿佛得到一点什么，快乐也好，痛苦也好，总之是已得到它，且为从别的作品所无从得到的，就已够了。若说影响，能够使少数又少数读者，对于“人生”或生命，看得宽一点，懂得多一点，体会得深刻一点，就很好了。（我们常常说经典的庄严性与重要性，其实也就不过如是而已。）能做到这样，或许还要好好再努力十年八年，方有希望。至于目前的成就，是算不得的！个人为才具性情所限制，对于工作理想打算得那么小，一般人听来或者觉得可笑，这是无碍于事的。个人所思所愿虽极小，可并不对于别人伟大企图菲薄。如茅盾写《子夜》，一下笔即数十万言，巴金连续若干长篇，过百万言，以及并世诸作家所有良好表现，与在作品中所包含的高尚理想。我很尊重这种有分量的工作，并且还相信这些作家的成就，是应当受社会上各方面有见识的读者，用一种比当前更关心的态度来尊重的。人各有所长，有所短，能忠于其事，忠于自己，才会有真正的成就。只由于十五年前我们文学运动和“商业”“政治”发生了关系，失去了它那点应有的超越近功小利的自由精神。作家与作品，都牵牵绊绊于商场和官场的得失打算中，毁去了“五四”以来文学运动读者与作者所建立的正当关系，而得到一个“流行点缀”的印象。因此凡从商场与官场两方面需要挣扎而出，独自能用作品有以自见的，这个工作在当前即或被人认为毫无意义，在未来将依然具有庄严价值。我们只有一个“今天”，却有数不清的“明天”！支持市场点缀政策的固然要人，增加文学史的光辉，以及叙述民族发展形式的工作，还要更多的人！拿笔的能忘掉作品“出路”，他也许会记起些更值得注意的问题！

你办事想不十分忙，尚可读书写作。国家多忧患，一个人把书读来读去，有时必感到疲倦，觉得生命与历史已游离，不相粘附。一个人写来写去，如停停笔看一看面前事事物物，恐也不免茫然自失，会疑心自己一切工作，“究竟有何意义？”但尽管如此或如彼，这个民族遭遇困难挣扎方式的得失，和从痛苦经验中如何将民族品德逐渐提高，全是需要文学来记录说明的！当一切抽象名词都差不多已失去意义，具体事实又常常挫折到活下来的年青人信仰，并扰乱他们的情感时，在思想上能重新燃起年青人热情和信心的，还是要有好文学作品！好作品的产生，我们得承认，必然是奠基于作者人生知识的渊博和深至，以及忠于其事而不舍那种素朴态度上。事情得许多人来努力，慢慢的会有个转机的！

给某作家[1]

××：

你的长信接到了，你说的事情我了解。你自己以为说得极乱，我看时却清楚得很。凡是你觉得对的，我希望你能做得极顺手，凡是你以为我看错了的，我希望我到某时节不会再错。这是关于做文章一方面而言。关于做人呢，即如说关于“政治”或“文学”或“人生”见解呢，莫即说我的，只说你的。我以为你太为两件事扰乱到心灵：一件是太偏爱读法国革命史，一件是你太容易受身边一点儿现象耗费感情了。前者增加你的迷信，后者增加你的痛苦，两件事混在一块，就增加你活在这个世界上感觉方面的孤独。因此会自然

1. 某作家指巴金。

而然有些爱憎苦恼你，尤其是当你单独一人在某一处时，尤其是你单独写文章或写信时。说不定你还会感觉到世界上只有你孤单，痛苦，爱人类而又憎人类，可是，这值得讨论。你也许熟读法国史，但对于中国近百年史未必发生兴味。你也许感觉理想孤独，仿佛成天在同人类的劣性与愚性作战，独当一面，爱憎皆超越一切，但事实这个世界上比你更感觉理想孤独，更痛苦，更执着爱憎皆有人，至少同你相似的还有人。客观一点去看看，你就会不同一点。再不然，你若勇敢些，去江西四川××里过阵日子，去边省任何一个军队里过阵日子，去长江流域什么工厂过阵日子，去西北灾荒之区过阵日子，去毒物充斥的××过阵日子，再来检查一下自己，你一切观点会不同些。生活变动的太多，自然残忍了一点，一切陌生，一切不习惯，感受的压力不易支持。但我相信至少是你目前的乱处热处必有摇动。再好好去研究一下这个东方民族，如何活下这么许多年，如何思索同战争发展到如今，你的热和乱，一定也调和起来，成为另一个新人了。你对这个“现在”理解多一点，你的气愤也就会少一点。不信么？你试试就相信了。你对于生命还少实证的机会。你看书多，看事少。为正义人类而痛苦自然十分神圣，但这种痛苦以至于使感情有时变得过分偏执，不能容物，你所仰望的理想中正义却依然毫无着落。这种痛苦虽为“人类”而得，却于人类并无什么好处。这样下去除了使你终于成个疯子以外，还有什么？“与绅士妥协”不是我劝你的话。我意思只是一个伟大的人，必需使自己灵魂在人事中有种“调和”，把哀乐爱憎看得清楚一些，能分析它，也能节制它。简单说，就是因为他自己还是个人，他得多知道点人的事情。知道的多，能够从各个观点去解释，他一切理想方有个根。假若他是有力量的，结果必更知道他的力量应使用到什么地方去。他明白如何方不糟蹋自己的力量。他轻视一切？不，他不轻视，只怜悯。他必柔和一点，宽容一点。（他客观点去看一切，能客观了。）使人类进步的事，外国方面我的知识不够说话资格。从中国历史而言，最先一个孔子，最后一个×××，就是必先调和自己的心灵，他的力量从自己方面始能移植到人类方面去。这两个人我们得承认他们实在比我们更看得清楚人类的愚与坏，可是他们与人类对面时，却不生气，不灰心，不乱，只静静的向前。不只政治理想家如此，历史上著名玩耍刀刀枪枪的大人物何尝不如此？雷电的一击，声音光明皆眩目吓人，但随即也就完事了。一盏长明灯或许更能持久些，对人类更合用些。生命人格，如雷如电自然极其美丽眩目，但你若想过对于人类有益是一种义务，你得作灯。一切价值皆从时间上产生，你若有理想，你的理想也得在一分长长的岁月中方能实现。你得承认时间如何控制到你同世界，结果也并不妨害你一切革命前进观念的发展。你弄明白了自己与时间关系，自己便不至于因生活或感情遭受挫折时便尔灰心了。你即或相信法国革命大流血，那种热闹的历史场面还会搬到中国来重演一次，也一定同时还明白排演这历史以前的酝酿，排演之时的环境了。使中国进步，使人类进步，必需这样排演吗？能够这样排演吗？你提历史，历史上一切民族的进步，皆得取大流血方式排演吗？阳燧取火自然是一件事实，然而人类到今日，取火的简便方法多得很了。人类光明从另外一个方式上就得不到吗？人类光明不是从理性更容易得到吗？你自己那么热，你很容易因此把一切“冲动”与“否认”皆认为生气或朝气。且相信这冲动与否认就可以把世界变得更好，安排得更合理。不过照我看来，我却以为假使这种冲动与否认是一时各个人心中的东西，我们就应当好好的控制它，运用它。（××便如此存在与发展。）若是属于自己心中的东西，就得节制它，调和它。（如你目前情形。）必如此方能把自己这点短短生命中所有的力量，凝聚到一件行为上去；必如此方能把生命当真费到“为人类”努力。你不觉得你还可以为人类某一理想的完成，把自己感情弄得和平一点？你看许多人皆觉得“平庸”，你自己其实就应当平庸一点。人活到世界上，所以成为伟大，他并不是同人类“离开”，实在是同人类“贴近”。你，书本上的人真影响了你，地面上身边的人影响你可太少了！你也许曾经那么打算过，“为人类找寻光明”，但你就不曾注意过中国那么一群人要如何方可以有光明。一堆好书一定增加过了你不少的力量，但它们却并不增加你多少对于活在这地面上四万万人欲望与挣扎的了解。你知道些国际情形，中国人的将来命运你看到了一点，你悲痛，苦恼，可是中国人目前大多数人的挣扎，你却不曾客观一点来看看。你带着游侠者的感情，同情××，憎恶××，（你代表了多数年青人的感情，也因此得到多数年青人的爱敬。）你却从不注意到目前所谓×××，向光明走尽了些什么力，××又作了些什么事。你轻视绅士，否认××，你还同一般人差不多，就从不曾把“绅士”“××”所概括的好坏弄个明白，也不过让这两个名词所包含的恶德，给你半催眠的魔力，无意思的增加你的嫌恶罢了。你感情太热，理性与感情对立时，却被感情常常占了胜利。也正因其如此，你有许多地方极高超，同时还有许多地方极伟大，不过倘若多有点理性时，你的高超伟大理想也许对于人类更合用点，影响力量更大一点。罗伯斯比尔若学得苏格拉底一分透澈，很显然的，法国史就得另外重写了。你称赞科学，一个科学家在自然秩序上证明一点真理，得如何凝静从一堆沉默日子里讨生活！我看你那么爱理会小处，什么米米大的小事如×××之类闲言小语也使你动火，把这些小东小西也当成敌人，我觉得你感情的浪费真极可惜。我说得“调和”，意思也就希望你莫把感情火气过分糟蹋到这上面……

给某教授[1]

××先生：

从××处知道您近来看了《文艺》上一篇小说心中很不高兴。小说上提到自杀问题，恋爱问题。据说那小说讽刺了您，同时还讽刺了另一人。这小说原是我作的，使您痛苦我觉得抱歉。我更应当抱歉的，还是我那文章本来只在诠释一个问题，即起首第二行提到的"爱与惊讶"问题，写它时既不曾注意到您，更不是嘲笑到您，您似乎不大看得明白，正如我文中一提和尚秃鹫，天下和尚皆生气一样，就生了气。我目的在说明"爱与美无关，习惯可以消灭爱，能引起惊讶便发生爱"。我于是分析它，描写它，以刘教授作主人，第

1．某教授指吴宓。

一先写出那家庭空气，太太的美丽，其次便引起一点闲话，点明题目，再其次转到两夫妇本身生活上来，写出这个教授先生很幸福；自己或旁人皆得承认这幸福，离婚与自杀与他连接不上。然而来了一点凑巧的机会，他到公园去，看见一个女孩子，听了一个故事，回家去又因为写一篇文章，无结果的思索，弄得人极疲倦，于是也居然想到自杀。太太虽很美丽，却不能激动他的心。幸福生活有了一个看不见的缺口，下意识他爱的正是那已逝去的与尚未长成的，至于当前的反而觉得平凡极了。先就用毋忘我草作对话，正针对到那个男子已忘了女人。若说这是讽刺，那讽刺到的也正是心理学教授刘，与您无关。想不到文章一枝一节上提出个社会普遍型的人物时，恰恰就中了您。

我给您写这个信的意思，就是劝您别在一个文学作品里找寻您自己，折磨您自己，也毁坏了作品艺术价值。其中也许有些地方同您相近，但绝不是骂您讽您。我写小说，将近十年还不离学习期间，目的始终不变，就是用文字去描绘一角人生，说明一种现象，既不需要攻击谁，也无兴味攻击谁。一个作品有它应有的尊严目的，那目的在解释人类某一问题，与讽嘲个人的流行幽默相去实在太远了。您那不愉快只是您个人生活态度促成，我作品却不应当负责的。

我们虽然不大相熟，我倒常常心想，像我这种人也许算得是最能领会您在社会上在生活上所演悲剧痛苦的人。一、因为我是个从事文学创作在人类生活上探险的人，一切皆从客观留心，一切不幸的人皆能分析它不幸原因；二、因为我天性就对于一切活人皆能发生尊敬与同情，从不知道有什么敌人。您许多地方似乎同社会隔了一间，理解您的人，总会觉得您很天真很可爱，不理解您的人呢，您自然不会从他们得到公平待遇的。社会上多的是沾沾自喜的小聪明人，因此您无处不碰壁，无时不在孤立无助情形中。您虽有不少同事，不少朋友，不少女人，可是在他们眼中，您显得如何可怜啊！您的行为，您的打算，又如何与那个真的世界离远啊！觉得您人很真实，很可爱，也觉得您生活不如意代为扼腕的，未尝无人，不过这些人也许不称赞您的旧诗，不同情您的痛苦，甚至于更不欢喜您某种生活态度，您无从知道那些好朋友罢了。

您在生活上与心灵上的悲剧，也许是命定的，远近亲疏朋友皆无法帮忙的。就因为您既不明白自己，更不明白别人。您要朋友，好朋友没有多少；要女人，好女人永远不易对您发生兴味。您读了许多书，这些书既不能调和您的感情，使您作人处世保持常态，又不能扩大您的人格，使您真的超然物外，洒脱豪放，不拘小节。您读儒家的典籍，儒家中庸与勇于维护真理体会人情的精神您得不到，您欢喜浪漫文学，浪漫文学解放人的全部心灵，却不曾将您解放。一切书不能帮助您，使您聪明一点，大派一点，只是束缚您，紧紧的束缚您。结果弄得您这样办不妥，那样办又不成，要活下去可不知道怎么样活下去，要死更不能死。总觉得这世界太不好，社会太坏，自己太受委屈。于是不可免的多疑，小气，支配了全部生活。再继续下去，幸而好，机会来时若遇着一个比较老实的女子，结了婚，一份安静家庭生活或者结束了您的悲剧。若不幸，您遇到的女子还是不能对您发生兴味的女子，永远还是摇摇头走开了，您却仍然作出一些引人发笑的故事，到被人注意后您又难过，末了您当然不是发疯就得自杀。

我的年龄学问比您少得多，可是对于观察人事或者“冷静”一点也就“明白”一点。我很同情您，且真为您担心。从您看我小说而难过一件事说来，可以知道您看书虽多，却只能枝枝节节注意；对于自己恋爱或教书有关的便十分注意，其余不问。您看书永远只是往书中寻觅自己，发现自己，以个人为中心，因此看书虽多等于不看（无怪乎书不能帮助您）。对于人，您大致也用的是这种态度，对您稍好就觉得中意，与您生活态度略不相同就弄不来；且在许多机会中被您当成仇敌。先生，这怎么成？心理学、社会学、哲学或历史，任何一本书皆会告您人与人之间的“差别”与“雷同”，必承认它方能生存，必肯定它方能生存得更合理更有价值。如今任何书似乎皆不能帮助您，因为您有病。这种病属于生理方面，影响到情绪发展与生活态度，它的延长是使您的理性破碎。治这种病的方法有三个：一是结婚。二是多接近人一点，用人气驱逐您幻想的鬼魔，常到××，××，与其他朋友住处去，放肆的谈话，排泄一部分郁结。三是看杂书，各种各样的书多看一些，新的旧的，严肃的与不庄重的，全去心灵冒险看个痛快，把您人格扩大，兴味放宽。我不是医生，不能乱开方子，但一个作者若同时还可以称为“人性的治疗者”，我的意见值得您注意。

给一个青年作家

××：

得信并文章三篇，文转香港。有新作寄我处可为想法分配。你读书不算多，最好将必要功课补习一年，考入大学，多学点，多知道一点，对你将来发展大有关系。如实在不能继续读书，正好趁此时随军队到前线去讨一两年经验，多知道一些中国目前种种，数千万人民转徙流离，近百万壮丁在炮火中挣扎方式，如此一来，也可写出一些比较成熟的作品。若照目前情形拖下去，文章有了出路，可不是办法。用一个空头作家名分留在家中过日子，见闻有限，生命易枯竭，生活易堕落。你年龄正是必需用“现实”训练“身体”和“精神”好将人格扩大的年龄。看机会许可，或向书本中钻，或向社会中滚，都比坐下来看看流行杂志，写点不三不四文章好。文章有深有浅，有好有坏，大作品不能凭空产生，得作知识和经验上的准备。希望你认真一点，把这份工作也看得庄严一点，来好好苦干一番！孩子气能节制节制，向人类远景凝眸，会多看出些东西。不要怕生活变动，担心新环境难适应。世界是成天在变动中！不要怕困难，想活得像个人，生存本来就是极艰辛的。更不必怕危险，一个男子应当有冒险雄心与大志！你读过《邓肯自传》，称赞她文字矫健而又富于情感。一个女人尚能凭幻想把生命带到伟大成效上去发展，何况一个二十二岁的男孩子。

致《文艺》读者

十五年以来，随了中国新文学的发展，有两个极无意思的名词，第一个是“天才”，第二个是“灵感”。两个名词虽从不为有识者所承认，但在各种懒人谬论中，以及一般平常人意见中，莫不可以看出两个胡涂字眼儿的势力存在，使新文学日趋于痿痹，失去健康，转入个人主义的乖僻；或字面异常奢侈，或字面异常贫俭，大多数作品，不是草率平凡，便是装模作样的想从新风格取得成功，内容莫不空空洞洞。原因虽不止一端，最大的原因，实在就是一般作者被这两个名词所毒害，因迷信而失去理性的结果。

作者间对于“天才”怀了一种迷信，便常常疏忽了一个作者使其伟大所必需的努力；对于“灵感”若也同样怀了一种迷信，便常常在等候灵感中把日子打发走了。

成名的作者因这点迷信而成的局面，是作品在量上希奇的贫乏。仿佛在自觉“天才已尽灵感不来”的情形中，大多数作者皆搁了笔。为这搁笔许多年轻人似乎皆很不安，其实这并不是可忧虑的事情。因这种迷信，将使他们本人与作品皆宜乎为社会忘去，且较先一时，他们或即有所写作，常常早就忘了社会的。一个并不希望把自己的力量渗入社会里面去的人，凭一点儿迷信，使他们活得窄一些，同时也许就正可以使他们把对于人类的坏影响少一些。他们活着，如小缸中一尾金鱼很俨然的那么活着，到后要死了，一切也就完事了。金鱼生存的时节，只在眩人眼目，许多人也欢喜金鱼。既然有人因迷信愿意去作金鱼，照我想来，尽他们在不拘什么样子的缸里去生活，我们也应当把他们当金鱼看待，莫希望他们太多，他们的生活态度，大多数人也不必十分注意的。

但一些还未成名的或正预备有所写作的，若不缺少相似的迷信时，却实在十分可惜。因为这些人若知道好好的如何去发展自己，他们的好作品，也正可以如另一时或另一国度一般好作品样子，能在社会民族方面发挥极大良好影响的，但这些人若尽记着“天才”两个字，便将养成一种很坏的性格，对于其他作品，他明白是很好的，他必以为那是天才产生的东西，他作不到，就不肯努力去作。那作品他觉得不好，在社会上又正是大多数人所需要的，他会以为这作品所表现的并无天才，只是人工，他又不屑于努力去作。他作出来自以为很好，却不能如别人作品一般成功时，他便想起“天才历来很少为人认识”的一句旧话，自欺自慰下去。他摹仿了什么人的文章，写成了一篇稍稍像样东西，为了掩饰他的摹仿处，有机会给他开口时，他又必说：“这是我……”自然的，说这句话时他不会用“天才”字样，或许说的是另外一个字眼，还说得很轻，但他意思却在告人那成就“应由天才负责！”这些人相信天才的结果，是所谓纪念碑似的作品，永无机会可以希望从他们手中产生。这些人相信天才以外还相信灵感，便使他们异常懒惰起来，因为在任何懒惰情形下，皆可以用“灵感不来”作为盾牌，挡着因理性反省伴同而来的羞耻与痛苦。

对于中国新文学怀了一种期待，很关心它的发展，且计算到它发展在社会方面的得失的，自然很有些人。这些人或尝从论文上，反复说明作者思想倾向的抉择，或把希望放在更年青一点的作家方面去。其实一切理论还是毫无裨于伟大作品的产生。一个有迷信无理性的民族，也许因迷信而凝聚了这个民族的精力，还能产生点大东西，至于一个因迷信而弄懒惰了的作家，还有什么可以希望？

中国目前指示作家方向的理论文学已够多了，却似乎还无一篇理论文学指示到作家做“人”的方法。倘若有这种人来作这种论文，我建议起始便应当说：

人类最不道德处，是不诚实与懦怯。作家最不道德处，是迷信“天才”与“灵感”的存在；因这点迷信，把自己弄得异常放纵与异常懒惰。

给志在写作者

好朋友:

这几年来我因为个人工作与事务上的责任，常有机会接到你们的来信。我们不拘相去如何远，人如何生疏，好像都能够在极短时期中成为异常亲密的朋友。既可以听取你们生活各方面的意见，也可以坦白诚实提出我个人的意见。昔人说，“人与人心原是可以沟通的”，我相信在某种程度内，我们相互之间，在这种通信上真已得到毫无隔阂的友谊了。对于这件事我觉得快乐。我和你们少数见面一次两次，多数尚未见面，以后也许永无机会见面，还有些人是写了信来，让我答复，我无从答复；或把文章寄来，要我登载，我给退回；我想在这刊物上，和大家随便再谈一谈。

我接到的一切信件，上面总那么写着:

先生，我是个对文学极有“兴趣”的一个人！

都说有“兴趣”，却很少人说有“信仰”。兴趣原是一种极不固定的东西，随寒暑阴晴而变更的东西。所凭借的原只是一点兴趣，一首自以为是杰作的短诗的被压下，兴趣也就完了。我听到有人说写作不如打拳好，兴趣也就完了。或另外有个朋友相邀下一盘棋，兴趣也就完了。总而言之就是这个工作靠兴趣，不能持久，太容易变。失败，那不用提；成功，也可以因小小成功以后看来不过如此如此，全部兴趣消减无余。前者不必举例，后者的例却可从十六年来新文学作家的兔起鹘落情景中明白。十六年来中国新文学作家好像那么多，真正从事于此支持十年以上兴趣的人并不多。多数人只是因缘时会，在喜事凑热闹光景下一把捞着了作家的高名，玩票似的混下去。一点儿成绩，也就是那么得来的。对文学有兴趣，无信仰，结果是所谓“新文学”，在作者本身方面，就觉得有点滑稽，只是二十五岁以内的大学生玩的东西。多数人呢，自然更不关心了。如果这些人对文学是信仰不是兴趣，一切会不同一点。

对文学有信仰，需要的是一点宗教情绪。同时就是对文学有所希望（你说是荒谬想象也成）。这希望，我们不妨借用一个旧俄作家说的话：

> 我们的不幸，便是大家对于别人的心灵，生命，苦痛，习惯，意向，愿望，都很少理解，而且几乎全无。我所以觉得文学可尊者，便因其最高的功业是在拭去一切的界限与距离。

话说的不错，而且说的很老实。今古相去那么远，世界面积那么宽，人心与人心的沟通和连接，原是依赖文学的。人性的种种纠纷，与人生向上的憧憬，原可依赖文学来诠释启发的。这单纯信仰是每一个作家不可缺少的东西，是每个大作品产生必需的东西。有了它，我们才能够在写作时失败中不气馁，成功后不自骄。有了它，我们才能够“伟大”！好朋友，你们在过去总说对文学有“兴趣”，我意思却要你们有“信仰”。是不是应当把“兴趣”变成“信仰”？请你们想想看。

其次，是你们来信，总表示对于生活极不满意。我很同情。我并不要你们知足。我还想鼓励一切朋友对生活有更大的要求，更多的不满意。活到当前这个乱糟糟的社会里，大多数负责者都那么因循与柔懦，各作得过且过的打算。卖国贼、汉奸、亲眷、流氓、贩运毒物者、营私舞弊者，以及多数苟且偷安的知识分子，成为支持这个社会的柱头和墙壁，凡是稍稍有人性的青年人，那能够生活满意？那些生活显得很满意，在每个日子中能够陶然自得沾沾自喜的人，自己不是个天生白痴，他们的父亲就一定是那种社会柱石，为儿女积下了一点血钱，可以供他们读书或取乐。即使如此，这种环境里的人，只要稍有人性，也依然对当前不能满意，会觉得所寄生的家庭如何可耻，所寄生的国家如何可哀！

对现实不满，对空虚必有所倾心。社会改良家如此，思想家也如此。每个文学作者不一定是社会改良者，不一定是思想家，但他的理想，却常常与他们异途同归。他必具有宗教的热忱，勇于进取，超乎习惯与俗见而向前。一个伟大作品，总是表现人性最真切的欲望——对于当前社会黑暗的否认，以及未来光明的向往。一个伟大作品的制作者，照例是需要一种伟大精神，忽于人事小小得失，不灰心，不畏难，在极端贫困艰辛中，还能支持下去，且能组织理想（对未来的美丽而光明的合理社会理想）在篇章里，表现多数人在灾难中心与力的向上，使更大多数人都浸润于他想象和情感光辉里，能够向上。

可是，好朋友，你们对生活不满意，与我说到的却稍稍不同。你们常常急于要“个人出路”。你们嗔恨家庭，埋怨社会，嘲笑知识，辱骂编辑，就只因为你们要出路，要生活出路与情感出路。要谋事业，很不容易，要放荡，无从放荡，要出名，想方设法难出名，要把作品急于发表，俨然作编辑的都有意与你们为难，不给机会发表。你们痛苦似乎很多，邀求却又实在极少。正因为邀求少，便影响到你们的成就。第一，写作的态度，被你们自己把它弄小弄窄了。第二，态度一有问题，题材的选择，不是追随风气人云亦云，就是排泄个人小小恩怨，不管写什么都浮光掠影，不深刻，不亲切。你们也许有天才，有志气，可是这天才和志气，却从不曾好好的消磨在工作上，只是被“杂感”和“小品”弄完事；只是把自己本人变成杂感和小品完事。要出路，杂志一多，出路来了，要成名，熟人一多，就成名了，要作品呢，没有作品。南京首都有个什么文艺俱乐部，聚会时常常数百人列席，且有要人和名媛搀杂其间，这些人通常都称为“作家”。大家无事，附庸风雅，吃茶谈天而已。假若你们真不满意生活，从事文学，先就应当不满意如此成为一个作家。其次，再看看所谓伟大作品是个什么样子，来研究，来理解，来学习，低头苦干个三年五载。忘了“作家”，关心“作品”。永远不在成绩上自满，不在希望上自卑。认定托尔斯泰或歌德，李白或杜甫，所有的成就，全是一个人的脑子同手弄出来的，只要你有信心，有耐力，你也可以希望用脑子和那只手得到同样的成就。你还不妨野心更大一点，希望你的心与力贴近当前这个民族的爱憎和哀乐，作出更有影响的事业！好朋友，你说对生活不满意，你觉得应当是为个人生活找出路，这是另外一件事？请你们也想想看。

我在这刊物上写这种信，这是末一次，以后恐无多机会了。我很希望我意见能对你们有一点用处。我们必需明白同生存的国家，当前实在一种极可悲哀的环境里，被人逼迫堕落，自己也还有人甘心堕落；对外，毫无办法，对内，成天有万千人活活的饿死，成天有万千人在水边挣扎，成天还有大规模的精壮国民在另一个地方互相杀戮，此外大多数人就做着噩梦，无以为生。但从一方面看来，那个“明天”又总是很可乐观的。明天真正是否可以转好一点？一切希望却在我们青年人手里。青年人中的文学作家，他不特应当生活得勇敢一点，还应当生活得沉重一点。每个人都必需死，正因为一个人生命力用完了，活够了，挪开一个地位，好让更年轻一点的人来继续活下去。死是不可免避的自然法则。我们如今都还年青，不用提这个问题，我们可以谈活。我以为每个人都有权力活得很有意义，很像个人。历史原是一种其长无尽的东西，我们能够在年青力壮时各自低头干个十年八年，活够了，死了，躺下来给蛆收拾了，也许生命还能在另外一种意义上活得很长久。徒然希望“不朽”，是个愚蠢的妄念，至于希望智慧与精力不朽，那只看我们活着时会不会好好的活罢了。我们是不是也觉得如今活着，还像一个活人？一面活下去，一面实值得我们常常思索。

答凌宇问

1. 生年?

一九〇二年旧历十一月二十九日丑时生。

2. 曾用过的笔名及发表过作品的刊物?

不可能记得。至于刊物，在三十年代前后，几乎京沪大刊物都有作品发表，大书店都出过我的集子。有的新书店最先出我的集子，并不是作品有什么大不了的成就，只不过是在比较中，还能引起读者兴趣而已。有人因此骂了我三十年，以至五十年，直到如今，还“依样画葫芦”的，在现代文学史中总得带上一笔。事实上我因此改了业，三十年来在博物馆做工作。

3. 共出过多少集子? 未成集的单篇有多少?

已过了三十年，全烧掉了，不宜再想它。提它毫无意义。

4. 您是如何与徐志摩结识的?

因投稿而相熟。我对于他的散文和诗的成就，都感到极大的兴趣，且比较理解他对人的纯厚处，和某些人说的“花花公子”完全不同。所以我在一九三六年良友出的习作选题记中，提到他对我的好影响。到我作《大公报》文艺副刊编辑时，对陌生作者的态度，即充分反映出他对我的好影响。工作上要求自己较严，对别人要求却较宽。

5. 您是何时认识胡也频的?

大革命以前几年即相熟。他成为左翼作家，是最后两年事。

6. 您曾将《柏子》与《八骏图》对比，应当如何理解?

前者单纯，后者复杂，如此而已。

7.《废邮存底》中《给一个作家》那一篇，是不是写给巴金的?

可能是。《给一个教授》指吴宓。

8. 您在作品中歌颂下层人民的雄强、犷悍等品质，与当时改造国民性思想有无共通之处?

毫无什么共通处。我是试图用不同方法学习用笔，并不有什么一定主张。我因为底子差，自以为得踏踏实实的学习三十年，才可望在工作实践中达到成熟程度。

9. 《虎雏》《七个野人与最后一个迎春节》等篇是否含有提倡返归自然、回复野蛮的创作意图?

一切都是在学习用笔中完成的。不可能一面写什么，一面还联想到什么。当时最主要企图，还是能维持最低生活，作品能发表就成了。

10. 《边城》《黔小景》《贵生》等篇是否含有人生莫测的命定论的倾向?

我没有那么高深寓意。只有一个目的，就是企图从试探中完成一个作品，我最担心的是批评家从我习作中找寻“人生观”或“世界观”。

11. 以佛经故事为题材的那些作品，其创作意图是什么?

引言说得已极明白，这就是就故事而加些新的处理。以欣赏态度去采用佛经中故事，加以贯串改造，也只希望读者能用欣赏方式留下个印象。我的一切习作都缺少什么寓意。

12. 关于城市中绅士阶级生活的描写，您是否（一）与乡村生活相比，揭露其腐朽性；（二）揭露他们生活悲喜剧的心理原因? 此外，还可以怎样理解?

你应当从欣赏出发，看能得到的是什么。不宜从此外去找原因。特别不宜把这些去问作者，作者在作品中已回答了一切。

13. 关于苗族生活的一些作品，有人说大多虚构，缺少现实依据，这种批评有根据吗?

这是苏雪林说的。她是国民党的立法委员。一时恭维鲁迅到了极点，次一年又用快邮代电方式，罗列十大罪状申讨鲁迅先生。她从不想到《三国演义》和《西游记》的真实性，却要求我的作品“真实”。这是上海一折八扣出盗印我的作品时附上她那个批评的。照理写批评应当是“真实”的，但这个人对鲁迅的意见究竟什么意见最可靠，她自己恐怕也回答不出。

14. 对下层人民的描写，一方面同情他们悲苦但不自觉的命运，一方面发掘他们身上美德的光辉，这样理解对吗？

从我一堆习作中，似不值得那么认真分析，探讨。因为是习作。写乡村小城市人民，比较有感情，用笔写人写事也较亲切。写都市，我接近面较窄，不易发生好感是事实。

15. 《过岭者》《黑夜》等反映的背景是什么？

就是纪念二朋友的死亡而已，故事后边写得极明白。内中有个郑子参，是同乡同学，十分要好，后来入黄埔四期骑兵科，听熟人说在东江作战死去了，因为从另外熟人通讯中，说是做通讯员死去的，为纪念这些同乡友好而作。

16. 您曾谈及创作需将“现实”与“梦”结合，《边城》是不是这种结合的典型？

这个作品只是偶然完成的。在良友出的《习作选》已作过解释，只能说是写作较成熟的一个篇章。本拟写十个，用沅水作背景，名《十城记》。时华北闹“独立”，时局日益紧张，编《大公报·文艺》，大部分时间都为年轻作者改稿件费去了。来不及，只好放弃。

17. 您曾说您的创作受过废名影响。一般认为废名的小说有两个特点，一是具有唐诗一般的意境，一是文字的简约含蓄。您所受的影响，是不是主要在这两个方面？

这也限于某一时某些作品而得到的启发，因为很快我就在文字和处理问题上，作多方面发展了。我因为把一切作品都当成习作过程，真正受的影响，大致还是契诃夫对写作的态度和方法。

18. 您的小说具有一种独创的艺术意境。这种意境的创造：一、依靠“现实”与“梦”结合的创作方法；二、题材本身的特异性；三、与故事保持一定距离，力图避免文字表面的热情；四、理想成分和特有的色彩；等等。这样理解您作品艺术意境构成各因素，是否可以？

这只是读书多而杂，文体也不拘常例，生活接触面又广，故事不拘常格的必然结果。并无什么有意为之。有的全个故事无对话，如《腐烂》，有的故事又全是对话，如《若墨医生》，多是在学校示范表示不拘常例，通可以写成短篇而且动人的理由。这也是逐渐成熟的，只是谨慎耐烦，去从文字和故事上掂斤拨两，再客观地理会如何处理能产生的效果，改来改去的结果。说的“示范”，含意并无什么标准化意思，只在告给同学，对于一个故事的写作得打破一切常规框框；文字也有同样情形，写来写去就自然理解它的效果了。总的说来，求不受任何影响，必须从实践上，从成功和失败两个方面取得经验，才明白叙事的多样性，才可望在同样三五千字极平常事件中，得到动人效果。

19. 关于您创作的批评，您认为哪些较中肯?

凡是用什么“观点”作为批评基础的都没有说服力，因为都碰不到问题。

20. 苏雪林曾批评您的作品过于随笔化，描写繁冗；多凭灵感，显得轻飘浮泛，人物刻画不能深入。您对这些批评如何看?

以早期作品为例，她说的基本上是对的。苏写批评时，并不曾看过我多少作品。在武汉大学教现代文学时，听她发挥比较合理。当时她把鲁迅捧上了天。可是第二年又用“快邮代电”方式骂鲁迅为什么“贼”。原因是一切随个人感情用事。对于她的批评，最好的解释人是同在武汉大学的陈通伯和凌淑华，给她看了我全部作品，并告诉她我的一切，她才不再开口。到抗战时我借住武大时，却特别对我表示好感，我照例是不以为意的。

21. 理解您的作品，您的哪些文章比较重要?

主要是四个题记：《边城》题记、《长河》题记、《从文小说习作选》代序、《沈从文小说选集》题记。另外还有《湘西》题记。

22. 中国古典文学和外国文学作品在思想、艺术和创作实践上给您什么影响?

看得多而杂，就不大可能受什么影响，也可以说受总的影响。是理解文字的一定程度后，从前人作品得到个总的印象，即一个故事的完成，是可以从多方面着手，都可达到一定效果的。懂得这一点，就不会受任何权威影响。正相反，不太费事就可以自出新意自成一格。

23. 有人说您受泰戈尔影响，这话对吗?

未受泰戈尔什么影响。倒是较多地读过契诃夫、屠格涅夫作品，觉得方法上可取处太多。契诃夫等叙事方法，不加个人议论，而对人民被压迫者同情，给读者印象鲜明。屠格涅夫《猎人笔记》，把人和景物相错综在一起，有独到好处。我认为现代作家必须懂这种人事在一定背景中发生。

答辞六

——从艰难中去试验

王超先生：

您文章收到，看过后奉还。您把“写实”两个字解释得简单了一点，以为照样写下就完事，因此写成您寄来的那个短剧。这失败似乎是必然的。一个剧本得比您写的还要完全一些，我意思说的是要像剧本些。要点故事，要点变化，要点人为的凑巧。不光是赤裸裸的对话。也有赤裸裸对话的剧本，那需要有从语言中挑选语言的本领，不止是能够选取美丽有力的，还要活的，合式的。而且要会安排，会剪裁，应当多就多，应当少也不得不少。这不需要什么天才，顶需要的还是经验，照您来信说，经验实在太少了。您的环境似乎又不大宜于戏剧。不妨放下您写戏剧的打算，写小说会相宜点。多读点好小说，在失败上多写几百回，作品能到一个相当完美时，有您的出路。现在急于为这种短剧找出路，有了出路反而毁了您。一切艰苦工作都得忍受寂寞，从事创作，更不儿戏！您把它看作一蹴而至的工作，所要表现的又恰好是十年来一种用万万千人的心血还写不妥当的那件事那个问题，先生，这不容易。您必需把它看得艰难一点，同时又却有勇气从艰难中去试验。这工作专读几本书并无多大用处，脑子不用熟，手不用熟，即或很了解那个问题，可是不能把那问题好好表现出来。取得这种表现能力，师友并不能帮您多少忙。师友的好处只能给您“打一点气”。

答辞八

青先生：

文章已送过另外一个地方，不久可以载出，当有一万人来读它。这不能说是什么“成功”，一个人可做的事能做的事还很多。就说写作，也应当用一百万读者作对象（至少得占有那么一个数目），方能说“工作有了点儿结果”。文章末尾的几页不用，因为那太像一个通俗小说的末尾了。好的小说在一切俨然如真，不在有头有尾。就效果言，也用不着那种大团圆或角色死亡的悲惨作结束。作者应当明白“经济”两个字在作品上的意义，不能过度挥霍文字，不宜过度铺排故事。他努力只在给读者一个“印象”。如何安排便可以给读者留下一个深刻印象？他必需明白。好作品不一定是故事完美无疵，文字干干净净。一切小毛病都无害于那个作品的成就。聪明不凡的作家还会在作品上有意无意留下一些缺点，把作品表现得更生动一点。这正同“人”一样，我们觉得他好，用不着“十全十美”，好处在他和别的人有点“不同”。他必需有人类共通的弱点，但弱点以外却还有一种不可企及的高尚风度或真诚坦白动人处。若照你那个写法，在小说为“俗套”，在“人”为“装模作样”。你欢不欢喜装模作样的人？我问你。

第二篇写成看看，若好，可转给×××；不好，重新再作。这不出奇。学成衣得三年六个月满师，你预备做的工作，比缝件蓝布大褂难多了。明白它的艰难，同时又还能够在相当时间中战胜这种艰难，这才像一个人。只有这样子作人，才配活在将来的社会里，活的才会有意思。一个人，若觉得自己的命运被社会、家庭，以及一般环境安排得不大妥当，很受委屈，他本可以用两只手重新来安排他个人的命运。第一件事他别怕难，第二件事他别偷懒。倘若他是个女子呢，就先得学习忘却了她是女子（抛弃了社会对于女子的种种优待），同一个男子一样来在工作上奋斗。中国道德哲学得重造，便是这一点，在稍后一时，会用它来代替过去女子奴隶人生观，成为所有健康女子不可否认的人生观的。让那些娼妓同姨太太成天商量衣服和脂粉，这是可怜的她们仅有的生活！至于一个到阳光与空气下来活着的人，可作的事太多了。

答辞十

——天才与耐性

言先生：

您文章见到。您想在短短的篇章中达到一个“境界”，或造成一个“境界”，工作不容易。假若从这方面已试验过而且失败过，还要试验，还要失败。可讨论的是方法，您还不很懂得驾驭文字的方法。一个作品的成功，文字弄得干净利落是第一步，不是最后一步。您明白了如何吝惜文字，还应当如何找寻那些增加效率的文字。这一点近来的人常笑它是“小技巧”，以为不足注意。其实一个作者若多少懂得一点技巧，也不很坏。茅盾用三十万文字写个长篇，重技巧的人，或许用十万字也能同样写一个，字数虽比较少，却可以收同样效果。苏俄的《铁流》，照许多人说，不是靠技巧成功的。您且承认它，不妨事。但苏俄有许多用革命战争为题材的作品，只《铁流》最著名，成功的理由是“写的特别好”。这“写的特别好”靠的是什么？您问问他们。

您文章写的太快，一来许多篇，这对您毫无好处。这世界也应当有“天才”，凡有写作，文不加点一挥而就。不特写的下，而且写的好。不过一个忠于工作的作者，他或者愿意放弃“天才”，尊重“耐性”。他即或一天写成它，却愿意花十天去修改它。同样是作品，有的给人看过后，完事；有的却给人看过后留下一个印象，想忘掉它也办不到的好印象。正如同很好的音乐，有一种流动而不凝固的美；如同建筑，现出体积上的美；如同绘画，光色和叶，恰到好处。用文字写成的一切，也能作到这个情形。那不需要天才，需要耐性。伟大作品您初初一看，好像也不过如此如此，多看看，不同了。理解艺术还要耐性，何况动手作它。

答辞十三

席士先生：

您寄来的信同诗已全见到。信上的意思我明白。您把写作看得似乎太简单了一点，太容易了一点。北平这个大城里目前至少有一万大学生，像您那么会写诗，至少有一千大学生愿意把写成的诗发表，至少有一百大学生把诗写成后居然各处寄去，可是至多却不到三十个人有出路，这三十个人虽有了出路，到后来未必能有三个人有把握可望成功。我告您这件事不在扫您的诗兴，只是要您明白这种工作同社会上别的工作一样，并不儿戏。您住在乡下，照道理说不是个坏环境。在乡下可认识中国种种，比住城市中大学生方便的多。不过您的写作观念妨碍了您对于这个工作的进步。观念不对，因此您虽住乡下，触目是可写的材料，您不曾注意，反而来摹仿城市中人的俗调，用许多您不会用的新名词写恋爱诗。这失败是当然的。您倘若真如信上说的要向这条路上走，先就得看看应当如何走，方不至于徒劳无功。值得您摹仿的是《大公报》上那个长江先生的通讯。您住的正是边远匪区，半年来那几万人如何流窜，官军方面又如何围剿，当地的社会情形事前事后有了些什么变化……用通讯形式写来，会写出很多极生动的短文，比您那恋爱诗强多了。

短篇小说

（五月二日在西南联大国文学会讲）

说到这个问题以前，我想在题目下加上一个子题，比较明白：

> 一个短篇小说的作者，谈谈短篇小说的写作，和近二十年来中国短篇小说的发展。

因为许多人印象里意识里的短篇小说，和我写到的说起的，可能是两样不同的东西，所以我还要老老实实声明一下：这个讨论只能说是个人对于小说一点印象，一点感想，一点意见，不仅和习惯中的学术庄严标准不相称，恐怕也和前不久确定的学术平凡标准不相称。世界上专家或权威，在另外一时对于短篇小说规定的“定义”“原则”“作法”，和文学批评家所提出的主张说明，到此都暂时失去了意义。

什么是我所谓的“短篇小说”？要我立个界说时，最好的界说，应当是我作品所表现的种种。若需要归纳下来简单一点，我倒还得想想，另外一时给这个题目作的说明，现在是不是还可应用。三年前我在师范学院国文学会讨论会上，谈起“小说作者和读者”时，把小说看成“用文字很恰当记录下来的人事”。因为既然是人事，就容许包含了两个部分：一是社会现象，便是说人与人相互之间的种种关系；二是梦的现象，便是说人的心或意识的单独种种活动。单是第一部分容易成为日常报纸记事，单是第二部分又容易成为诗歌。必须把人事和梦两种成分相混合，用语言文字来好好装饰剪裁，处理得极其恰当，才可望成为一个小说。

我并不觉得小说必须很“美丽”，因为美丽是在文字辞藻故事动人以外可以求得的东西。我也不觉得小说需要很“经济”，因为即或是个短篇，文字经济依然并不是这个作品成功的唯一条件。我只说要很“恰当”，这恰当意义，在使用文字上，就容许数量上的浪费，也不必对于辞藻过分吝啬。故事内容呢，无所谓“真”，亦无所谓“伪”（更无深刻平凡区别）。所要的只是那个“恰当”。文字要恰当，描写要恰当，分配更要恰当。作品的成功条件，就完全从这种“恰当”产生。

我们得承认，一个好的文学作品，照例会使人觉得在真美感觉以外，还有一种引人“向善”的力量。我说的“向善”这个词的意思，并不属于社会道德那方面“做好人”的理想，我指的是这个读者从作品中接触了另外一种人生，从这种人生景象中有所启示，对“生命”能作更深一层的理解。普通做好人的乡愿道德，社会虽异常需要，有许多简便方法工具可以利用，“上帝”或“鬼神”，“青年会”或“新生活”，或对付他们的心，或对付他们的行为，都可望从那个“多数”方面产生效果，不必要文学来作。至于小说可作的事，却远比这个重大，也远比这个困难。如像生命的明悟，使一个人消极的从肉体爱憎取予，理解人的神性和魔性，如何相互为缘（并明白生命各种型式，扩大到个人生活经验以外，为任何书籍所无从道及）。或积极的提示人，一个人不仅仅能平安生存即已足，尚许可在他的生存愿望中，有些超越普通动物的打算，比饱食暖衣保全首领以终老更多一点的贪心或幻想，方能把生命引导到一个崇高理想上去。这种激发生命离开一个普通动物人生观，向抽象发展与追求的兴趣或意志，恰恰是人类一切进步的象征。这工作自然也就是人类最艰难伟大的工作。在过去两千年来，哲人的经典语录可作到的事，在当前一切经典行将失去意义时，推动或执行这个工作，就唯有文学作品还相宜。若说得夸大一点，尚可说到近代，别的工具都已办不了时，尚唯有“小说”还能担当这种艰巨。原因简单而明白：小说既以人事为经纬，举凡机智的说教，梦幻的抒情，一切有关人类向上的抽象原则的说明，都无不可以把它综合组织到一个故事发展中。印刷术的进步，交通工具的进步，既得到分布的便利，更便利的还是近千年来读者传统的习惯，即多数认识文字的人，从一个故事取得娱乐与教育的习惯，在中国还好好存在。加之用文学作品来耗费他个人剩余生命，取得人生教育，从近二十年来年青学生方面说，在社会心理上即贤于博弈。所以在过去，《三国志》或《红楼梦》所有的成就，显然不是用别的工具可以如此简便完成的。在当前，几个优秀作家在国民心理影响上，也不是什么作官的专家部长委员可办到的。在将来，一个文学作者若具有一种崇高人生理想，这理想希望它在读者生命中保有一种势力，将依然是件极其容易事情。用“小说”来代替“经典”，这种大胆看法，目前虽好像有点荒唐，却近于将来的事实。

这是我三年前对于小说的解释，说的虽只是“小说”，把它放在“短篇小说”上，似乎还说得通。这种看法也许你们会觉得可笑，是不是？不过真正可笑的还在后面，因为我个人还要从这个观点上来写三十年！三十年在中国历史上，算不得一个数目，但在个人生命中，也就够瞧了。这种生命的投资，普通聪明人是不干的！

有人觉得好笑以外也许还要有点奇怪，即从我说这问题一点钟两点钟得来的印象，和你们事先所猜想到的，读十年书听十年讲记忆中所保留的，很可能都不大相合。说说完了，于是散会。散会以后，有的人还当作笑话，继续谈论下去，有的人又匆匆忙忙的跑出大南门，预备去看九点场电影，有的人说不定回到宿舍，还要骂骂“狗屁狗屁，岂有此理”，表示在这里所受的委屈。这样或那样，总而言之，是不可免的。过了三点钟后，这个问题所能引起的一点小小纷乱也差不多就完事了。这也就正和我所要说的题目相合，与一个“短篇小说”在读者生命中所占有的地位相合，讲的或写的，好些情形都差不多。这并不是人生的全部，只那么一点儿，所要处理的，说他是作者人生的经验也好，是人生的感想也好，再不然，就说他是人生的梦也好。总之，作者所能保留到作品中的并不多，或者是一闪光，一个微笑，以及一瞥即成过去的小小悲剧，又或是一个人临于生死边际作的短期挣扎。不管它是什么，都必然受种种限制，受题材、文字以及读者听者那个“不同的心”所限制。所以看过或听过后，自然同样不久完事。不完事的或者是从这个问题的说明、表现方式上，见出作者一点语言文字的风格和性格，以及处理题材那点匠心独运的巧思，作品中所蕴蓄的人生感慨与人类爱。如果是讲演，连续到八次以上，从各个观点去说明的结果，或者能建设出一个明明朗朗的人生态度。如果是作品，一本书也会给读者相同印象。至于听一回，看一遍，使对面的即能有会于心，保留一种深刻印象，对少数人言，即或办得到，对多数人言，是无可希望的！

新文学中的短篇小说，系随同二十二年前那个五四运动发展而来。文学运动本在五四运动以前，民六左右，即由陈独秀、胡适之诸先生提出来，却因五四运动得到“工具重造工具重用”的机会。当时谈思想解放和社会改造，最先得到解放的是文字，即语体文的自由运用。思想解放社会改造问题，一般讨论还受相当限制时，在文学作品试验上，就得到了最大的自由，从试验中日有进步，且得到一个“多数”（学生）的拥护与承认。虽另外还有个“多数”（旧文人与顽固汉）在冷嘲恶咒，它依然在幼稚中发育成长，不到六七年，大势所趋，新的中国文学史，就只有白话文学作品可记载了。谈到这点过去时，其实应当分开来说说，因为各部门作品的发展经过和它的命运，是不大相同的。

新诗革命当时最与传统相反，最引起社会注意，情形最热闹（作者极兴奋，批评者亦极兴奋），同时又最成为问题，即大部分作品是否算得是“诗”的问题。

戏剧在那里讨论社会问题，处理思想问题，因之有“问题”而无“艺术”，初期作者成绩也就只是热闹，作品并不多，且不怎么好。

小说发展得平平常常，规规矩矩，不如诗那么因自由而受反对，又不如戏那么因庄严而抱期望，可是在极短期间中却已经得到读者认可继续下去。先从学生方面取得读者，随即且从社会方面取得更多的读者，因此奠定了新文学基础，并奠定了新出版业的基础。

若就近二十年来过去作个总结算，看看这二十年的发展，作者多，读者多，影响大，成就好，实应当推短篇小说。这原因加以分析，就可知道一是起始即发展得比较正常，作品又得到个自由竞争机会，新陈代谢作用大些，前仆后继，人材辈出，从作品中沙中捡金，沙子多金屑也就不少。其次即是有个读者传统习惯，来接受作品，同时还刺激鼓励优秀作品产生。

若讨论到“短篇小说”的前途时，我们会觉得它似乎是无什么“出路”的。他的光荣差不多已经成为“过去”了。

它将不如长篇小说，不如戏剧，甚至于不如杂文热闹。长篇小说从作品中铸造人物，铺叙故事又无限制，近二十年来社会的变，近五年来世界的变，影响到一人或一群人的事，无一不可以组织到故事中。一个长篇如安排得法，即可得到历史的意义，历史的价值，它且更容易从旧小说读者中吸收那个多数读者，它的成功伟大性是极显明的。戏剧娱乐性多，容易成为大时代中都会的点缀物，能繁荣商业市面，也能繁荣政治市面，所以不仅好作品容易露面，即本身十分浅薄的作品，有时说不定在官定价值和市定价值两方面，都被抬得高高的。就中唯有短篇小说，费力而不容易讨好，将不免和目前我们这个学校中的“国文系”情形相同，在习惯上还存在，事实上却好像对社会不大有什么用处，无出路是命定了的。

不过我想在大家都忘不了“出路”，多数人都被“出路”弄昏了头的时候，来在“国文学会”的讨论会上，给“短篇小说”重新算个命，推测推测它未来可能是个什么情形。有出路未必是好东西，这个我们从跑银行的大学生，有销路的杂志，和得奖的作品即可见到一二。那么，无出路的短篇小说，还会不会有好作者和好作品？从这部门作品中，我们还能不能保留一点希望，认为它对中国新文学前途，尚有贡献？要我答复，我将说“有办法的”。它的转机即因为是“无出路”。从事于此道的，既难成名，又难牟利，且决不能用它去讨个小官儿作作。社会一般事业都容许侥幸投机，作伪取巧，用极小气力收最大效果，唯有“短篇小说”可是个实实在在的工作，玩花样不来，擅长“政术”的分子决不会来摸它。“天才”不是不敢过问，就是装作不屑于过问。即以从事写作的同道来说，把写短篇小说作终生事业，都明白它不大经济。这一来倒好了。短篇小说的写作，虽表面上与一般文学作品情形相差不多，作者的兴趣或信仰，却已和别的作者不相同了。支持一个作者的信心，除初期写作，可望从“读者爱好”增加他一点愉快，从事此道十年八年后，尚能继续下去的，作者那个“创造的心”，就必得从另外找个根据。很可能从外面刺激凌轹，转成为自内而发的趋势。作者产生作品那点“动力”，和对于作品的态度，都慢慢的会从普通“成功”，转为自我完成，从“附会政策”转为“说明人生”。这个转变也可说是环境逼成的，然而，正是进步所必需的。由于作者写作的态度心境不同，似乎就与抄抄撮撮的杂感离远，与装模作样的战士离远，与逢人握手每天开会的官僚离远，渐渐的却与那个“艺术”接近了。

照近二十年来的文坛风气，一个作家一和“艺术”接近，也许因此一来，他就应当叫作“落伍”了，叫作“反动”了，他的作品并且就要被什么“检查”了，“批评”了，他的主张意见就要被“围剿”了，“扬弃”了。但我们可不必为这事情担心。这一切不过是一堆“词”而已，词是照例摇撼不倒作品的。作品虽用纸张印成，有些国家在作品上浇了些煤油，放火去烧它，还无结果！二三子玩玩字词，用作自得其乐的消遣，未尝无意义。若想用它作符咒，来消灭优秀作品，其无结果是用不着龟筮卜算的。“落伍”是被证明已经“老朽”，“反动”，又是被裁判得受点处分，使用的意义虽都相当厉害，有时竟好像还和“侦探告密”“坐牢杀头”这类事情牵连在一处。但文人用来加到文人头上时，除了满足一种卑鄙的陷害本能，是并无何等意义，不用担心吓怕的。因为这种词用惯后，用多后，明眼人都知道这对于一个诚实的作家，是不会有何作用的。文学还是文学，作品公正的审判人是“时间”（从每个人生命中流过的时间），作品在读者与时间中受试验，好的存在，且可能长久存在，坏的消灭，即一时间偶然侥幸，迟早间终必消灭。一个作者真正可怕的事，是无作品而充作家，或写点非驴非马作品应景凑趣，门面总算支持了，却受不了那个试验，在试验中即黯然无光。

日月流转，即用过去二十年事实作个例，试回头看看这段短短路上的陈迹，也可长人不少见识。当时文坛逐鹿，恰如运动场上赛跑，上千种不同的人物，穿着各式各样的花背心和运动鞋，用各自习惯的姿势，从跑道一端起始，飞奔而前。就中有仅仅跑完一个圈子，即已力不从心，摇摇头退下场了的。有跑到三五个圈子，个人独在前面，即以为大功告成而不再干的。有一面跑一面还打量到做点别的节省气力事情，因此装作摔了一跤，脚一蹞一蹞向公务员丛中消失了的。也有得到亲戚、朋友、老板、爱人在旁拍巴掌叫好，自己却实在无出息，一阵子也败溃下来的。大致的说来，跑到三五年后，剩下的人数已不甚多。虽随时都有新补充分子上场，跑到十年后，剩下的可望到达终点的人就不过十来位了。设若这个竞赛是无终点的，每个人的终点即是死，工作的需要是发自于内的一点做人气概，以及支持三五十年的韧性，跑到后来很可能观众都不声不响，不拍掌也不叫好，多数作家难以为继，原是极其自然的。所以每三五年照例都有几个雄赳赳的人物，写了些得商人出力、读者花钱、同道捧场、官家道贺的作品，结果只在短短“时间”陶冶中，作品即已若存若亡，本人且有改业经商，发了三五万横财，讨个如夫人在家纳福的。或改业从政，作个小小公务员，写点子虚乌有报告的。或傍个小官，代笔做做秘书，安分乐生混日子下去的。这些人倒真是得到了很好的出路！逝者如斯，不舍昼夜，历史虽短，也就够令人深思！

“得到多数”虽已成为一种社会习惯，在文学发展中，倒也许正要借重“时间”，把那个平庸无用的多数作家淘汰掉，让那个真有作为诚敬从事的少数，在极困难挫折中受试验，慢慢的有所表现，反而可望见出一点成绩。（三五个有好作品的作家，事实上比三五百挂名作家更为明日社会所需要，原是显然明白的。）对这个少数作家而言，我觉得他们的工作，正不妨从“文学”方面拉开，安放到“艺术”里去，因为它的写作心理状态，即容易与流行文学观日见背驰，已渐渐和过去中国一般艺术家相近。他不是为“出路”而写作，这个意见是我十三年前提起过的，我以为值得旧事重提，和大家讨论讨论。

记得是民国十七年秋天，徐志摩先生要我去一个私立大学讲“现代中国小说”，上堂时，但见百十个人头在下面转动，我知道许多“脑子”也一定在同样转动。我心想：“和这些来看我讲演的人，我说些什么较好？”所以就在黑板上写了一行字：“请你们让我休息十分钟吧。”我意思倒是咱们大家看看，比比谁看得深。我当然就在那里休息，实在说就是给大家欣赏我那个乱蓬蓬的头，那种狼狈神气。到末后，我开口了，一说就是两点钟。下课钟响后，走到长廊子上时，听到前面两个人说，“他究竟说些什么?”这种讲演从一般习惯看来，自然是失败了。那次“看”的人可能比“听”的人多，看的人或许还保留一个印象，听的人大致都早已忘掉了。忘不掉的只有我自己，因为算是用“人”教育“我”，真正上了一课。这一课使我明白文字和语言、视和听给人的印象，情形大不相同。我写的小说，正因为与一般作品不大相同，人读它时觉得还新鲜，也似乎还能领会所要表现的思想内容。至于听到我说起小说写作，却又因为解释的与一般说法不同，与流行见解不合，弄得大家莫名其妙了。这对于我个人，真是一种离奇的教育。它刺激我在近十年中，继续用各种方式去试验，写了一些作品和读者对面。我写到的一堆故事，或者即已说明我对这个问题的意见和态度，若不曾从我作品中看出一点什么，这种单纯的讲演，是只会作成你们的复述那个“他究竟是说什么”印象的。

其实当时说的并不稀奇古怪，不过太诚实一点罢了。“诚实”二字虽常常被文学作家和理论家提出，可是大多数人照例都怕和诚实对面。因为它似乎是个乡巴佬使用的名词，附于这个名词下的是：坦白，责任，超越功利而忠贞不易，超越得失而有所为有所不为。把这名词带到都市上来，对“玩”文学的人实在是毫无用处的。其实正是文学从商业转入政治，“艺术”或“技巧”都在被嘲笑中地位缩成一个零。以能体会时代风气写平庸作品自夸的，就大有其人。这些人或仿佛十分前进，或俨然异常忠实，用阿谀“群众”或阿谀“老板”方式，认为即可得到伟大成就。另外又有一部分作家，又认幽默为人生第一，超脱潇洒的用个玩票白相态度来有所写作，谐趣气氛的无节制，人生在作者笔下，即普遍成为漫画化。“浅显明白”的原则支配了作者心和手，其所以能够如此，即因为这个原则正可当做作品草率马虎的文饰。风气所趋，作者不甘落伍的，便各在一种预定的公式上写他的传奇，产生并完成他“有思想”的作品。或用一个滑稽讽笑的态度，来写他的无风格、无性格、平庸乏味的打哈哈作品。如此或如彼，目标所在是“得到多数”。用的是什么方法，所得到的又是什么，都不在意。

关于这一点，当时我就觉得，这是不成的。社会的混乱，如果一部分属于一般抽象原则价值的崩溃，作者还有点自尊心和自信心，应当在作品中将一个新的原则重建起来。应当承认作品完美即为一种秩序。一切社会的预言者，本身必须坚实而壮健，才能够将预言传递给人。作者不能只看天明天，还得有个瞻望远景的习惯，五十年一百年世界上还有群众！新的文学要它有新意，且容许包含一个人生向上的信仰，或对国家未来的憧憬，必需得从另外一种心理状态来看文学，写作品，即超越商业习惯上的“成功”，完全如一个老式艺术家制作一件艺术品的虔敬倾心来处理，来安排。最高的快乐从工作本身即可得到，不待我求。这种文学观自然与当时“潮流”不大相合，所以对我本来怀有好感的，以为我莫名其妙，对我素无好感的，就说这叫做“落伍”“反动”。不过若注意到这是从左右两方面来的诅咒，就只能令人苦笑了。

我是个乡下人，乡下人的特点照例“相当顽固”，所以虽被派“落伍”了十三年，将来说不定还要被文坛除名，还依然认为一个作者不将作品与“商业”“政策”混在一处，他脑子会清明一些。他不懂商业或政治，且极可能把作品也写得像样些。他若是一个短篇小说作者，肯从中国传统艺术品取得一点知识，必将增加他个人生命的深度，增加他作品的深度。一句话，这点教育不会使他堕落的！如果他会从传统接受教育，得到启迪或暗示，有助于他的作品完整、深刻与美丽，并增加作品传递效果和永久性，都是极自然的。

我说的传统，意思并不是指从史传以来，涉及人事人性的叙述，两千多年来早有若干作品可以模仿取法。那么承受传统毫无意义可言。主要的是有个传统艺术空气，以及产生这种种艺术品的心理习惯，在这种艺术空气心理习惯中，过去中国人如何用一切不同的材料，不同的方法，来处理人的梦，而且又在同一材料上，用各样不同方法，来处理这个人此一时或彼一时的梦。艺术品的形成，都从支配材料着手，艺术制作的传统，即一面承认材料的本性，一面就材料性质注入他个人的想象和感情。虽加人工，原则上却又始终能保留那个物性天然的素朴。明白这个传统特点，我们就会明白中国文学可告给作家的，并不算多，中国一般艺术品告给我们的，实在太多太多了。

试从两种艺术品的制作心理状态，来看看它与现代短篇小说的相通处，也是件极有意义的事情。一由绘画涂抹发展而成的文字，一由石器刮削发展而成的雕刻，不问它是文人艺术或应用艺术，艺术品之真正价值，差不多全在于那个作品的风格和性格的独创上。从材料方面言，天然限制永远存在，从形式方面言，又有个社会习惯限制。然而一个优秀作家，却能够于限制中运用“巧思”，见出“风格”和“性格”。说夸张一点，即是作者的人格，作者在任何情形下，都永远具有上帝造物的大胆与自由，却又极端小心，从不滥用那点大胆与自由超过需要。作者在小小作品中，也一例注入崇高的理想，浓厚的感情，安排得恰到好处时，即一块顽石，一把线，一片淡墨，一些竹头木屑的拼合，也见出生命洋溢。这点创造的心，就正是民族品德优美伟大的另一面。在过去，曾经产生过无数精美的绘画，形制完整的铜器或玉器，美丽温雅的瓷器，以及形色质料无不超卓的漆器。在当前或未来，若能用它到短篇小说写作上，用得其法，自然会有些珠玉作品，留到这个人间。这些作品的存在，虽若无补于当前，恰恰如杜甫、曹雪芹在他们那个时代一样，作者或传说饿死，或传说穷死，都缘于工作与当时价值标准不合。然而百年后或千载后的读者，反而唯有从这种作品中，取得一点生命力量，或发现一点智慧之光。

制砚石的高手，选材固在所用心，然而在一片石头上，如何略加琢磨，或就材质中小小毛病处，因材使用作一个小小虫蚀，一个小池，增加它的装饰性，一切都全看作者的设计，从设计上见出优秀与拙劣。一个精美砚石和一个优秀短篇小说，制作的心理状态（即如何去运用那点创造的心），情形应当约略相同。不同的为材料，一是石头，顽固而坚硬的石头，一是人生，复杂万状充满可塑性的人生。可是不拘是石头还是人生，若缺少那点创造者的“匠心独运”，是不会成为特出艺术品的。关于这件事，《红楼梦》作者曹雪芹，比我们似乎早明白了两百年。他不仅把石头比人，还用雕刻家的手法，来表现大观园中每一个人物，从语言行为中见身分性情，使两世纪后读者，还仿佛可看到这些纸上的人，全是些有血有肉有哀乐爱憎感觉的生物。（谈历史的多称道乾隆时代，其实那个辉辉煌煌的时代，除了遗留下一部《红楼梦》可作象征，别的作品早完了！）

再从宋元以来中国人所作小幅绘画上注意。我们也可就那些优美作品设计中，见出短篇小说所不可少的慧心和匠心。这些绘画无论是以人事为题材，以花草鸟兽云树水石为题材，“似真”“逼真”都不是艺术品最高的成就，重要处全在“设计”。什么地方着墨，什么地方敷粉施彩，什么地方竟留下一大片空白，不加过问。有些作品尤其重要处，便是那些空白处不著笔墨处，因比例上具有无言之美，产生无言之教。

短篇小说的作者，能从一般艺术鉴赏中，涵养那个创造的心，在小小篇章中表现人性，表现生命的形式，有助于作品的完美，是无可疑的。

短篇小说的写作，从过去传统有所学习，从文字学文字，个人以为应当把诗放在第一位，小说放在末一位。一切艺术都容许作者注入一种诗的抒情，短篇小说也不例外。由于对诗的认识，将使一个小说作者对于文字性能具特殊敏感，因之产生选择语言文字的耐心。对于人性的智愚贤否、义利取舍形式之不同，也必同样具有特殊敏感，因之能从一般平凡哀乐得失景象上，触着所谓“人生”，尤其是诗人那点人生感慨，如果成为一个作者写作的动力时，作品的深刻性就必然因之而增加。至于从小说学小说，所得是不会很多的。

所以短篇小说的明日，是否能有些新的成就，据个人私意，也可以那么说，实有待于少数作者，是否具有勇气肯从一个广泛的旧的传统最好艺术品中，来学习取得那个创造的心，印象中保留着无数优秀艺术品的形式，生命中又充满活泼生机，工作上又不缺少自尊心和自信心，来在一个新的观点上，尝试他所努力从事的理想事业。

或者会有人说，照你个人先前所说，从十八年起文学即已被政治看中，一切空洞理想，恐都不免为一个可悲可怕事实战败。即十多年来那个“习惯”，以及在习惯中所形成的偏见，必永远成为进步的绊脚石。原因是作家如不能再成为“政策”的工具，即可能成为“政客”的敌人。一种政治主张或政客意见，不能制御作家，有一天政治家的做作庄严，便必然受作品摧毁。因之从官僚政客观点来说，文学放到政治部或宣传部，受培养并受检查，实在是个最好最合理地方，限制或奖励，异途同归，都归于三等政客和小官僚来控制运用第一流作家打算上。其实这么办，结果是不会成功的，不过增加几个不三不四的作家，多一些捧场凑趣装模作样的机会，在一般莫名其妙的读者中，推销几百本平庸作品罢了，对于这方面的明日发展，政治是无从“促成”也无从“限制”的。

然而对面既是十多年来养成的一种根深蒂固的习惯，使一般作家的自尊心和自信心，都极其容易消失。空洞的乐观，当然还不够。明日的转机，也许就得来看看那个“少数”如何“战争”了。若想到一切战争都不免有牺牲，有困难，必需要有无限的勇气和精力支持，方能战胜克服。从小以见大，使我们对于过去、当前，各在别一处诚实努力，又有相当成就的几个作者，不论他是什么党派，实在都值得特别尊敬。因为这也是异途同归，归于“用作品和读者对面”。新文学运动，若能做到用作品直接和读者对面，这方面可做的事，即从娱乐方式上来教育铸造一个新的人格，如何向博大、深厚、高尚、优美方面去发展，且启发这个民族的感情，如何在忧患中能永远不灰心，不丧气，增加抵抗忧患的韧性，以及翻身的信心，就实在太多了。

论特写

近十余年来，报纸上的特写栏，已成为读者注意中心。有些报道文章，比社论或新闻还重要，比副刊杂志上文章，也更能吸引读者，不仅给人印象真实而生动，还将发生直接广泛教育效果。这种引人入胜的作用，即或只出于一种来源不远的风气习惯，可是我们却不能不承认，在已成风气习惯后这类作品的真实价值，必然得重估！他的作用在目前已极大，还会影响到报纸的将来，更会影响到现代文学中散文和小说形式及内容。特写大约可分作三类，即专家的“专题讨论”和普通外勤的“叙事”“写人”。本文只谈一谈用新闻记者名分作的“叙事”。

试就几个“大手笔”的作品加以检讨，就可知他们的成就并非偶然。凡属叙事，不能缺少知识、经验和文笔，正如用笔极有分寸的记者之一徐盈先生所说：要眼到，心到，手到，才会写得出好的报道文章。他说的自然出于个人心得，一般学习可不容易从这三个名词得到证实。因为“三到”未必就可产生好文章。同是知识、经验和文笔，在将三者综合表现上，得失就可见出极大差别。检讨这点差别时，有时可用个人立场、兴趣或政治信仰、人生态度不同作说明（但这完全是表面的解释）。有时又似乎还得从更深方面去爬梳（即如此钩深索隐，将依然无什么结果）。为的是它正如文学，一切优秀成就一切崭新风格都包含了作者全生命人格的复杂综合，彼此均不相同。能理解可不容易学习，比一个伟大作品容易认识理解，但也比同一作品难于把握取法。

以个人印象言，近十年这部门作品的成就，可说量多而质重，实值得当成一个单独项目来研究，来检讨，来学习。用四个作者成就作例，可测验一下这类作品是否除“普及”外还有点“永久性”，除“通常效果”外还有点“特别价值”？这四个人的姓名和作品是：

范长江的《塞上行》

赵超构的《延安一月》

萧乾的《南德暮秋》及其他国外通讯记事

徐盈的《西北纪游》《烽火十城》《华北工业》

“九一八”后华北问题严重而复杂，日本人用尽种种方法使之特殊化，中国南京政府和地方政府却各有打算，各有梦想。国人谈华北问题，很显明，一切新闻一切理论，若不辅助以当时在《大公报》陆续发表的《长江通讯》，是不容易有个明确的印象的。作者谈军事政治部分，欢喜连叙带论。从一个专家看来，可以说多拾人牙慧，未必能把握重心。但写负责人在那一片土地上的言谈活动及社会情况，却得到极大成功。比如写百灵庙之争夺过程，写绥远、大同、张家口之社会人事，写内蒙和关内经济关系……以及这几个区域日本人的阴谋与活动，都如给读者看一幅有声音和性格的彩色图画。这点印象是许多人所同具的。所以到抗战时期民国二十七八年左右，这些通讯结集的单行本，就经几个朋友推荐，成为西南联大国文系一年级同学课外读物。因为大家都觉得，叙事如果是习作条件之一，这本书宜有助于学习叙事。尤其是战事何时结束不可知，倘若有一天大学生必须从学校走出，各自加入军队或其他部门工作，又还保留个写杂记作通讯的兴趣时，这本书更值得作一本必读书。但结果却出人意料，同学看巴金、茅盾小说完篇的多，看《塞上行》保留深刻印象的却并不多。这本书在时间上发生了隔离作用，所说到的一切事情，年青朋友失去了相关空气，专从文学上欣赏，便无从领会，竟似乎比其他普通游记还不如了。读朱自清的《欧游杂记》，郁达夫的《钓台春昼》，邓以蛰的《西班牙斗牛》，徐志摩的《康桥》，都觉得有个鲜明印象，读《塞上行》竟看不下去。在这里，让我们明白一个问题，即新闻纪事那时候和文学作品在读者印象中还是两件事。学校中人对于文学作品印象，大都是从中小学教科书的取材所范围，一面更受一堆出版物共同作成的印象所控制，新闻纪事由于文体习惯不同，配合新闻发表，能吸引读者，单独存在，当作文学作品欣赏，即失去其普遍意义，更难说永久性了。

第二种作品与前作相隔已十年，是和平前后哄动一时的《延安的一月》。从作品言，作者用笔谨慎而忠实，在小处字里行间隐含褒贬，让读者可以体会。他写的虽不是历史，可得要个历史家的忠正与无私。他的长处不仅值得称道，还值得取法。从读者言，这个区域的人和事，正由于与中央隔离对峙，是国内年青人希望和忧虑的集中点，如今于国人所关心诸事能一一叙述，这个作品成功也可说是必然的。但相去不过一年，我回到北平，用它作叙事参考读物时，大家从这个作品中，竟似乎得不到什么教育和启发。如果不尽是读者欣赏力有问题，就可能是作品所涉及问题起了变化。作品其所以引人注意，和问题关连密切，问题在发展中一有变化，当时大家只乐意读张家口报道，延安再不是国人注意焦点，作品价值也就失去了。让我们得到一点教训，即这类作品的普及性和永久性，竟似乎有点对立意味，得此则不免失彼。欲兼顾并及，还得作者另外找出发点，有所试探。这种重新安排试探，有个人的工作，数年前已得到相当成功，即萧乾写的海外通讯。

第二次欧战发展，由英国伦敦大轰炸，到诺曼第登陆，全德工业区穿梭轰炸报复，逐渐进入一个人类发疯高潮。这种具世界性的民族集团大屠杀，大处已无从着笔，因为实在太广泛，太残忍。新闻电讯中，动辄是五百架一千架巨型机出击，五万吨大洋巨舰，十分钟即深沉海底，前线各处作战单位，常用百万人数计算……新闻记者若企图用笔作全面叙述，决无如此魄力。即专写轰炸（如炸东京纪录），也费事又难见好。于是一变旧法，转而从小事着手。因之写小兵生活的恩尼·派尔作品，成为美国报纸杂志时髦读物。这种作品如写登陆时之情景，巷战时小兵心情和周围空气，除却对于战争向国人作局部忠实报告以外，很显明还具有宣传并修正错误之功；修正了美国最高军事当局参谋本部对于前线兵士苦闷情绪与悲惨生活的疏忽过失。（人家的参谋本部，是细心到为航空员设想，万一从空中堕下时，身边行囊中除早为预备有一切应用药品，食物刀斧绳床雨具，或一二册消遣小书外，还不忘记附上一点纸烟卷，一副纸牌，并一份钓鱼用的工具，讲那些战斗员掉到敌后某处，或印缅丛林深山间，待救未得机会时，还可抽空到有水处一面吸烟看书一面钓钓鱼的！）我们的参谋部设计工作是什么？就个人所知，嘉善的国防工事一大串钥匙，由县长交给驻军时，却并工事位置图样也没有。第五军机械化部队由滇入缅甸时，缅边地图也没有一张能合军事用途！至于近十年中全国粮赋兵役的悲剧，就更不用说了。所以抗战纪事，自然就得从另外观点上着手，换言之，即得一切为了抗战胜利而“宣传”。一切既从“宣传”出发，当然对后方人心前线士气都曾有过帮助；可是也就不可免种下了恶因劣果，即对于错误和弱点的庇护，将负责方面功绩过分夸大，而将应有责任特别减轻，失去了新闻报道的建议性，和批评性。这结果，不仅影响到三十二年后湘桂战局的失利，人民大牺牲，更重要还是抗战胜利和平以后的局势，负责方面警惧心减少，骄傲心转增——两年来经验了胜利接收的大悲剧，有些错误和过失，竟至于无法补救，成为历史的遗憾。试推原其始，便不能不使人想到战争中“宣传”二字，给某些人以逾分过实的鼓励颂扬，终于作成一块如何吃弗消的大糟糕！

《大公报》记者萧乾，算是中国记者从欧洲战场讨经验供给国人以消息的一人。他明白，重大事件有英美新闻处不惜工本的专电，和军事新闻影片，再不用他操心。所以他写伦敦轰炸，就专写小事。如作水彩画，在设计和用色上都十分细心，使成为一幅明朗生动的速写。写英国人民在钢铁崩裂，房屋圮坍，生命存亡莫卜情景中，接收分定上各种挫折时，如何永远不失去其从容和幽默，不失去对战事好转的信心；写人性中的美德，与社会习惯所训练的责任；写对花草和猫犬的偏爱。即不幸到死亡，仿佛从死亡中也还可见出生机。这种通讯寄回中国不久，恰恰就是重庆昆明二市受日机疲劳轰炸最严重，而一切表现，也正是同盟国记者用钦佩和同情态度给本国作报道时。从萧乾作品看来，更容易引起国人一种克服困难的勇气和信心。这可说是中国记者用抒情的笔，写海外战争报道配合国内需要最成功的一例。并且这只是个起点，作者作品给读者的印象更深刻的，还应当数随盟军进入欧陆的报道，完全打破了新闻的纪录。用一个诗人的笔来写经过战火焚烧后欧陆的城乡印象，才真是“特写”。虽说作品景物描绘多于事件检讨，抒情多于说理，已失去新闻叙事应有习惯，但这种特写的永久性，却被作者很聪敏的把握住了。且至今为止，我还不曾见有其他作者，将“新闻叙事”和“文学抒情”结合得如此恰到好处，取得普遍而持久成功的。

但若从教育观点出发，来检查一下这部门作品成功时，个人却将和国内许多青年读者具有相同印象，对于徐盈先生近十年的贡献，表示敬意。从二十三年《国闻周报》时代，作者带调查性的游记见出一支笔和农村经济关连十分密切。但那时候报纸特写栏，正是“范长江时代”，注意这种有知识有见解游记的人就不多。抗战后，却载出了作者有关西南诸省及后方建设的种种报道，用区域特性作单位，由人事到土地，一一论述，写他的《西南纪行》。虽由于战事限制，人事禁忌多，虽畅所欲言，涉及其他问题，又怕和对外有关，说多了或者反而会为敌伪利用，发生恶果。然而从教育后方年青读者意义说来，作者一支笔实已尽了最大努力。且处处隐见批评，尤其是属于政治经济上人事弱点，和工业技术上困难，从当事方面所得报导和牢骚，都能归纳于叙述中，对普通读者为鼓励，对当事方面却具建议性和批判性。作者最应受推重的较近作品还是复员期间军调进行时写成的《烽火十城》和有关华北日人十年经营不遗余力，国人接收一年即毁坏殆尽的《华北工业》。前者把追随马歇尔飞来飞去于华北五省几个大据点上所见到的人物，所接触的人事，把握问题既准确，叙述复生动，可说是数十年来最有生命的一个叙事诗。不仅在当时有教育作用，于明日还有历史性，文笔活泼而庄严，也足称这个事件的复杂多方。尤其是作者从叙述中有轻重，所暗示的失败关键，给读者的启发亦甚多。后一书的写作方法大不相同，多就各方面所得统计资料、报告，加以综合排比，更就个人眼目接触，来写这些工业单位前前后后如何由“存在”而“停顿”，由“有”而变“无”，在对照上更充分叙述某一方面的无知自私而贪得，饶上个国战扩大，共方破坏，形成的接收的失败，如何惨，如何无可补救！一切专门家和有良心的公民，活在这个悲剧环境中，都只有深刻痛苦和手足无措。如果“必读书”的制度还保存，除大学中学生外，还有指派到地方官吏、军营将士或军校学生的可能，我想这个应当是本值得推荐的小书。因为可让读者明白由于少数人的无知自私，以及用战事作政争，仅仅华北平津一个单位，即毁坏多少建设，影响到这个国家的将来，严重到什么程度！过去的事虽然已无从补救，未来是否尚可作些安排，凡事都还要看人来。不过这个作品的存在价值，与文学实不相干。虽然作者在文学创作多方面作过尝试，传记、小说、戏剧、电影剧本，都曾有成就，这个作品的好处，可说恰恰是缺少文学性却不失其永久性。虽如一个专题检讨，却是用一个叙事方法引领读者进入本题。

从这四个人的工作表现，检讨到新闻叙事的得失时，让我们明白，即一个优秀特写作者，广泛的认识与人类的温情，都不能缺少。理想的叙事高手，还必需有一个专门家或学者的知识，以及一个诗人一个思想家的气质，再加上点宗教徒的热情和悲悯，来从事这个工作，十年八年才可望有新而持久的纪录。人才如何从学习训练来培育，以我私见，国内大学新闻系的课程，或得重新设计设计了。因为这部门的工作，从报馆主持人来说，目前还看不出比社论见出抽象价值，比广告见出具体价值。但事实上容许寄托一些更新的希望于未来。新闻系的主持人若具远见，把“业务管理”与“持笔作文”于第三年分组，使某一组学生对于文史修养，及哲学、美术、心理、社会等等课程分量加重，学习用笔也得作个长期训练应当是值得考虑的试验。若照目前制度和方式，可不大济事，不仅浪费了许多优秀人才，且把这部门工作可寄托的希望，也浪费了。

这件事现在说来，也许像是痴人说梦，和“现实”不大调和。因为即就特写作者本身言，是乐意用一个普通新闻从业员身分来推进工作，还是打量用一个思想家的态度，来把握工作，情形实无从明白。照习惯，近二十年用笔作桥梁，把个人渡入政界的比较多，渡入思想家领域的还不多。也正因此，更让我们对一群在学习在生长的后来者，为增加他们对人类服务的热忱，以及独立人格的培养、文笔有效率的应用，觉得还应当作点准备。不仅学校的课程待补充修正，即我们对于这种优秀记者的优秀成就，也得重新认识，估价，并寄托以较多希望，才是道理！

谈“写游记”

写游记像是件不太费力的事情，因为任何一个小学生，总有机会在作文本子上留下点成绩。至于一个作家呢，只要他肯旅行，就自然有许多可写的事事物物搁在眼前。情形尽管是这样，好游记可不怎么多。编选高级语文教本的人，将更容易深一层体会到，古今游记虽浩如烟海，入选时实费斟酌。古典文学游记，《水经注》已得多数人承认，文字清美。同样一条河水，三五十字形容，就留给人一个深刻印象，真可说对山水有情。但是不明白南北朝时代文字风格的读者，在欣赏上不免有隔离。《洛阳伽蓝记》文笔比较富丽，景物人事相配合的叙述法，下笔极有分寸，特别引人入胜，好处也容易领会些。宋人作《洛阳名园记》，时代稍近，文体又平实易懂，记园林花木布置兼有对时人褒贬寓意，可算得一时佳作。叙边远外事如《大唐西域记》《岭外代答》和《高丽图经》诸书，或直叙旅途见闻，或分门别类介绍地方物产、制度、风俗人情，文笔条理清楚；千年来读者还可从书中学得许多有用知识。从这些各有千秋的作品中，我们还可得到一种重要启示：好游记和好诗歌相似，有分量作品不一定要字数多，不分行写依然是诗。作游记不仅是描写山水灵秀清奇，也容许叙事抒情。读者在习惯上对于游记体裁的要求不苛刻，已给作者用笔以极大方便和鼓励。好游记不多另有原因。“文以载道”在旧社会是个有势力的名辞，把古代一切作家的思想都笼罩住了。诗歌、戏剧、小说虽然从另一角度落笔，突破限制，得到了广大群众。然而大多数作者，还是乐于作卫道文章，容易发财高升。个人文集，也总是把庙堂之文放最前面。游记文学历来不列入文章正宗，只当成杂著小品看待。在旧文学史中，位置并不怎么重要。近三十年很有些好游记，写现代文学史的，也不过认为聊备一格，有的且根本不提。

写游记必临水登山，善于使用手中一支笔为山水传神写照，令读者如身莅其境，一以向往，终篇后还有回味余甘，进而得到一种启发和教育，才算是成功作品。这里自然要具备一个条件，就是作者得好好把握住手中那支有色泽、富情感、善体物、会叙事的笔。他不仅仅应当如一个优秀山水画家，还必需兼有一个高明人物画家的长处，而且还要博学多通，对于艺术各部门都略有会心，譬如音乐和戏剧，让主题人事在一定背景中发生存在时，动静之中似乎有些空白处，还可用一种恰如其分的乐声填补空间。这个比方可能说得有点过了头，近乎夸诞玄远。不过理想文学佳作，不问是游记还是短篇小说，实在都应当给读者这么一种有声有色鲜明活泼的印象。如何培养这支笔，是一个得商讨待解决的问题。

近三十年来，报刊中很有些特写式游记，写国内新人、新事、新景物，文字素朴，内容扎实，充满一种新的泥土生活气息，却比某些性质相同的短篇小说少局限性，比某些分析探讨的论文具说服力。有的作者并非职业作家，因此不必受文学作品严格的要求影响，表现上得到较大的自由。又有些还刚离开大学不久，最多习作机会还不过是学生时代写写情书或家信，就从这个底子上进行写作，由于面对的生活丰富，问题新鲜，给读者印象却自然而亲切。我也欢喜另外一种专家学者写成的游记，虽引古证今，可不落俗套，见解既好，文笔又明白畅达，当成史地辅助读物，对读者有实益。好游记种类还多，上二例成就比较显著。另外还有两种游记，比较普通常见：一为报刊上经常可读到的某某出国海外游记，特殊性的也对读者起教育作用。一般性的或系根据导游册子复述，又或虽然目击身经，文字条件较差，只知直接叙事，不善写景写人，缺少文学气氛，自然难给读者深刻印象。另一种是国内游记，作者始终还不脱离写卷子的基本情绪，不拘到什么名胜古迹地方去，凡见到的事物，都无所选择，一一记下。正和你我某一时在北海大石桥边、颐和园排云殿前照相差不多，虽背景壮丽，天气又十分温和，人也穿着得整齐体面，还让那位照相师热情十分的反复指点，直到装成微笑姿势，使得照相师点头认可，才“巴打”一下，大功告成。可是相片洗出看看，照例主题背景总是呆呆的，彼此相差不多。近于个人纪念性记录，缺少艺术所要求的新鲜。本人即或以为逼真，他人看来实在不易感动。这种相成天有人在照，同样游记也随时有人在写，虽和艺术要求有点距离，却依旧有广大读者。由于在全国范围内舟车行旅中，经常有大量群众，都需要阅读报刊，这种游记有一定群众基础。还有一种不成功的游记，是作者思想感情被理论上几个名辞缚得紧紧的，一动笔老不忘记教育他人；文思既拙滞，却只顾抄引格言名句，盼望人从字里行间发现他的哲理弥思，形成一种自我陶醉。其实严肃有余，枯燥无味，既少说服力，也少感染力，写论文已不大济事，作游记自然更难望成功。

写游记除“阿丽思”女士的幻想旅行作品不计，此外总得有点生活基础。不过尽管有丰富新鲜生活经验，如没有运用文字的表现力，也缺少对外物的锐敏感觉，还是不成功。不拘写什么自然总是无生气、少新意，缺少光彩。他的毛病正犹如一个不高明的作曲家，仅记住些和声原理，五线谱的应用却不熟悉，一切乐器上手也弹不出好声音。即或和千年前唐玄宗一样，居然有机会梦游天宫，得见琼楼玉宇间那群紫绡仙子，在翠碧明蓝天空背景中轻歌曼舞，乐曲舞艺都佳妙无双。并且人醒回来时，印象还十分清楚明白。可是想和唐玄宗一样，凭回忆写个《紫云回》舞曲，却办不到，作不好。原因是手中没有得用工具。补救方法在改善学习，先作个好读者。其次是把文字当成工具好好掌握到手中，必需用长时期“工作实践”来证实“理论概括”，绝不宜用后者代替前者，以为省事。写游记看来十分简单，搞文学就绝不能贪图省事。

谈创作

有人问我“怎样会写‘创作’?”真是一个窘人的题目。想了很久，我方能说出一句话，我说：“因为他先‘懂创作’。”问的于是也仿佛受了点儿窘，便走开了。

等待到这个很诚实的年青人走后，我就思索我自己所下的那个字眼儿的分量。我想明白什么是“懂创作”，老实说，我得先弄明白一点，将来也省得窘人以后自己受窘。

就一般说来，大家读了许多书，或许记忆好些的书，还能把某一书里边最精彩的一页，背诵如流，但这个人却并不是个懂创作的人。有些人会做得出动人的批评，把很好的文章说得极坏，把极坏的文章说得很好，但也不能称为懂创作的人。一个懂创作的人，也应当看许多书，但并不需记忆一段两段书。他不必会作批评文字，每一个作品在他心中却有一个数目。最要紧的是从无数小说中，明白如何写就可以成为小说，且明白一个小说许可他怎么样写。起始，结果，中间的铺叙，他口上并不能为人说出某一本书所用的方法极佳，但他知道有无数方法。他从一堆小说中知道说一个故事时处置故事的得失，他从无数话语中弄明白了说一句话时那种语气的轻重。他明白组织各种故事的方法，他明白文字的分量。是的，他最应当明白的是文字的分量。同时凡每一句话，每一个标点，他皆能拣选轻重得当的去使用。为了自己想弄明白文字的分量，他得在记忆里收藏了一大堆单字单句。他这点积蓄，是他平时处处用心，从眼睛里从耳朵里装进去的。平常人看一本书，只需记忆那本书故事的好坏，他不记忆故事。故事多容易，一个会创作的人，故事要它如何就如何，把一只狗写得比人还懂事，把一个人写得比石头还笨，都太容易了。一创作者看一本书，他留心的只是“这本书如何写下去，写到某一件事，提到某一点气候同某一个人的感觉时，他使用了些什么文字去说明。他简单处简单到什么程度，相反的，复杂时又复杂到什么程度。他所说的这个故事，所用的一组文字，是不是合理的？……他有思想，有主张，他又如何去表现他这点主张？”

一个创作者在那么情形下看各种各样的书，他一面看书，一面就在那里学习经验那本书上的一切人生。放下了书本，他便去想。走出门外去，他又仍然与看书同样的安静，同样的发生兴味，去看万汇百物在一分习惯下所发生的一切。他并不学画，他所选择的人事，常如一幅凸出的人生活动画图，与画家所注意的相暗合。他把一切官能很贪婪的去接近那些小事情，去称量那些小事情在另外一种人心中所有的分量，也如同他看书时称量文字一样。他喜欢一切，就因为当他接近他们时，他已忘了还有自己的身分存在。

简单说来，便是他能在书本上发痴，在一切人事上同样也能发痴。他从说明人生的书本上，养成了对于人生一切现象注意的兴味，再用对于实际人生体验的知识，来评判一个作品记录人生的得失。他再让一堆日子在眼前过去，慢慢的，他懂创作了。

目下有若干作家如何会写得出小说，他自己也就说不明白。但旁人可以看明白的，就是这些人一切作品皆常常浮在人事表面上，受不了时间的选择。不管写了一堆作品或一篇作品，不管如何善于运用作品以外的机会，很下流的造点文坛消息为自己说说话，不管如何聪敏伶巧的把自己作品押在一个较有利益的注上去，还是不成。在文字形式上，故事形式上，人生形式上，所知道的都太少了。写自己就极缺少那点所必需的能力。未写以前就不曾很客观的来学习过认识自己，分析自己，批评自己。多数作家的思想皆太容易转变了，对自己的工作实缺少了一点严格的批评、反省。从这样看来，无好成绩是很自然的。

我自己呢，是若干作者中之一人，还应当去学，还应当学许多。不希望自己比谁聪明，只希望自己比别人勤快一点，耐烦一点。

论技巧

几年来文学辞典上有个名辞极不走运，就是“技巧”。多数人说到技巧时，就觉得有一种鄙视意识。另外有一部分人却极害羞，在人面前生怕提这两个字。“技巧”两个字似乎包含了纤细、琐碎、空洞等等意味；有时甚至于还带点猥亵下流意味。对于小玩具、小摆设，我们褒奖赞颂中，离不了用“技巧”二字。批评一篇文章，加上“技巧很好”字样时，就隐寓似褒实贬。说及一个人，若说他“为人有技巧”，这人便俨然是个世故滑头样子。总而言之，“技巧”二字已被流行观念所限制，所拘束，成为要不得的东西了。流行观念的成立，值得注意，流行观念的是非，值得讨论。

《诗经》上的诗，有些篇章读来觉得极美丽，《楚辞》上的文章，有些读来觉得极有热情，它是靠技巧存在的。骈体文写得十分典雅，八股文写得十分老到，毫无可疑，也在技巧。前者具永久性，因为注重安排文字，达到另外一个目的。就是亲切、妥贴、近情、合理的目的。后者无永久性，因为除了玩弄文字本身以外毫无好处，近于精力白费，空洞无物。同样是技巧，技巧的价值，是在看它如何使用而决定的。

一件恋爱故事，赵五爷爱上了钱少奶奶，孙大娘原是赵五爷的宝贝，知道情形，觉得失恋，气愤不过，便用小洋刀抹脖子自杀了。同样这么一件事，由一个新闻记者笔下写来，至多不过是就原来故事，加上死者胡同名称、门牌号数，再随意记记屋中情形，附上几句公子多情，佳人命薄……于是血染茵席，返魂无术，如此如此而已。可是这件事若由冰心女士写下来，大致就不同了。记者用的是记者笔调，可写成一篇社会新闻。冰心女士懂得文学技巧，又能运用文学技巧，也许写出来便成一篇杰作了。从这一点说来，一个作品的成立，是从技巧上着眼的。

同样这么一件事，冰心女士动手把它写成一篇小说，称为杰作，另外一个作家，用同一方法，同一组织写成一个作品，结果却完全失败。在这里，我们更可以看出一个作品的成败，是决定在技巧上的。

就“技巧”二字加以诠释，真正意义应当是“选择”，是“谨慎处置”，是“求妥贴”，是“求恰当”。一个作者下笔时，关于运用文字铺排故事方面，能够细心选择，能够谨慎处置，能够妥贴，能够稳当，不是坏事情。假定有一个人，在同一主题下连续写故事两篇，一则马马虎虎，信手写下，杂凑而成；一则对于一句话，一个字，全部发展，整个组织，皆求其恰到好处，看去俨然不多不少。这两个作品本身的优劣，以及留给读者的印象，明明白白，摆在眼前。一个懂得技巧在艺术完成上的责任的人，对于技巧的态度，似乎是应当看得客气一点的。

也许就有人会那么说：“一个作品的成功，有许多原因。其一是文字经济，不浪费，自然，能亲切而近人情，有时虽在眩人的夸张，那好处仍然是能用人心作水准，用人事作比较。至于矫揉造作，雕琢刻画的技巧，没有它，不妨事。”请问阁下：能经济，能不浪费，能亲切而近人情，不是技巧是什么？所谓矫揉造作，实在是技巧不足；所谓雕琢刻画，实在是技巧过分。不足与过分所生过失，非技巧本身过失。

文章徒重技巧，于是不可免转入空洞、累赘、芜杂、猥琐的骈体文与应制文产生。文章不重技巧而重思想，方可希望言之有物，不作枝枝节节描述，产生伟大作品。所谓伟大作品，自然是有思想，有魄力，有内容，文字虽泥沙杂下，却具有一泻千里之概的作品。技巧被诅咒，被轻视，同时也近于被误解，便因为，一、技巧在某种习气下已发展过分，转入空疏；二、新时代所需要，实不在乎此。社会需变革，必变革，方能进步。徒重技巧的文字，就文字本身言已成为进步阻碍，就社会言更无多少帮助。技巧有害于新文学运动，自然不能否认。

惟过犹不及。正由于数年来技巧二字被侮辱、被蔑视，许多所谓“有思想的伟大作品”企图刻画时代变动的一部分或全体，在时间面前，却站立不住，反而很容易的被“时代”淘汰忘却了。一面流行观念虽已把“技巧”二字抛入茅坑里，事实是：有思想的作家若预备写出一点有思想的作品，引起读者注意，催眠，集中其宗教情绪，因之推动社会，产生变革，作者应当作的第一件事，还是得把技巧学会。

目前中国作者，若希望本人作品成为光明的颂歌、未来世界的圣典，既不知如何驾驭文字，尽文字本能，使其具有光辉、能力，更不知如何安排作品，使作品似乎符咒，发生魔力，这颂歌，这圣典，是无法产生的。

人类高尚的理想，健康的理想，必须先融解在文字里，这理想方可成为“艺术”。无视文字的德性与效率，想望作品可以作杠杆，作火炬，作炸药，皆为徒然妄想。

因为艺术同技巧原本不可分开，莫轻视技巧，莫忽视技巧，莫滥用技巧。

学习写作

××先生：

××兄转来你的信和文章，我已收到。文章我想带下乡去看，再告你读后感。关于升学事，我觉得对“写作”用处并不多。因照目前大学制度和传统习惯，国文系学的大部分是考证研究，重在章句训诂，基本知识的获得，连欣赏古典都谈不上，那能说到写作。这里虽照北方传统，学校中有那么一课，照教部规程，还得必修六个学分，名叫“各体文习作”，其实是和“写作”不相干的，应个景儿罢了。写作在大学校认为“学术”，去事实还远，联大这个课程，就中有四个学分由我担任，计二年级选第一次两学分，三、四年级选第二次两学分，可是我能作到的事，还不过是为全班学生中三二个真有写作兴趣的朋友打打气而已。我可教的只是解释近二十年来作家使用这个工具的“过去”，有了些什么成就，经过些什么曲折，战胜了多少困难，给肯继续拿笔的一点勇气和信心，涉及写作技术问题，只是改改卷子，这种事与写作实隔一层，是不会对同学有何特别好处的。我对于这个问题的看法，总以为需要许多人肯在这个工作上将“生命来投资”，超越大学校的“学术”价值，和社会上流行的“文化”价值，从一个谦虚而谨慎学习并试验态度上，写个三十年，不问成败得失写个三四十年，再让时间来检选，方可望看得出谁有贡献，有作用，能给新中国文学史留点比较像样的东西。若是真有值得可学处，就只是这种老实态度，和这点书呆子看法，别的其实是不足道的！所以你如果为别的理想升学，我赞同你考。如为写作，还是不用升学好。如打量写作，与其升学，把自己关在一个窄窄学校中，学些空空洞洞的东西，倒不如想办法将生活改成为一个“新闻记者”，从社会那本大书上来好好地学一学人生，看看生命有多少形式，生活有多少形式。一面翻读这本大书，到处去跑，跑到各式各样不同社会生活中明白一切，恋爱、发疯、冒险……一面掉过头来再又去拼命读各种各样的书，用文字写来的书，两相对照一下，“人生”究竟是怎么回事，实际与抽象相去多远，明白较多后，再又不怕失败来写各式各样文章，换言之，即好好地有计划地来使用这个短促生命（你不用也是留不住的)！永远不灰心，永远充满热情去生活、读书、写作。三五年后一成习惯，你就会从这个习惯看出自己生命的力量，对生存自信心工作自信心增加了不少，所等待的便只是用成绩去和社会对面和历史对面了。这也是一种战争！因为说来容易，作来并不十分容易的。说不定步步都会有障碍，要通过多少人生辛酸，慢慢地修正自己弱点，培养那个忍受力、适应力，以及脑子的张力（为哀乐得失而不可免的兴奋与挫折)！且慢慢让“时间”取去你那点青春生命之火。经过这个试验，于是你成熟了，情感比较稳定了，脑子可以自由运用，一支笔更容易为脑子而运用了，你会在写作上得到另外一种快乐，一点信心，即如何用人事为题目，来写二十世纪新的经典的快乐和信心。你将自然而然超越了普通人习惯的心与眼，来认识一切现象，解释一切现象，而且在作品中注入一点什么，或者是对人生的悲悯，或者是人生的梦。总而言之，你的作品可能慢慢地成为读者的经典，不拘用的是娱乐方式或教育方式，都能使他人生命“深”一点，也可能使他人生存“强”一点。引起他的烦乱，不安于“当前”，对“未来”有所倾心，教育他“向上”“向前”“向不可知”注意，煽起他重新做人的兴趣和勇气。能够如此或如彼，总不会使一个读者因此而堕落的！写恋爱写战争，写他人或你自己，内容尽管不同，却将发生同一影响，引带此一时或彼一时读者体会到生命更庄严的意义，即“神在生命本体中”。两千年来经典的形式，多用格言来表现抽象原则。这些经典或已失去了意义，或已不合运用。明日的新的经典，既为人而预备，很可能是用“人事”来作说明的。这种文学观如果在当前别人看来是“笑话”，在一个作者，却应当将它当成一种“信仰”。你自己不缺少这种信仰，才可望将作品浸透读者的情感，使读者得到另外一种信仰，“一切奇迹都出于神，这由于我们过去的无知，新的奇迹出于人，国家重造社会重造全在乎人的意志”。

从徐志摩作品学习“抒情”

在写作上想到下笔的便利，是以“我”为主，就官能感觉和印象温习来写随笔。或向内写心，或向外写物，或内外兼写，由心及物由物及心混成一片。方法上富于变化，包含多，体裁上更不拘文格文式，可以取例作参考的，现代作家中，徐志摩作品似乎最相宜。

譬如写风景，在《我所知道的康桥》，说到康桥天然的景色，说到康河，实在妩媚美丽得很。他要你凝神的看，要你听，要你感觉到这特殊风光：

> 康桥的灵性全在一条河上；康河，我敢说，是全世界最秀丽的一条河水。……河身多的是曲折，上游是有名的拜伦潭……当年拜伦常在那里玩的。有一个老村子叫格兰骞斯德，有一个果子园，你可以躺在累累的桃李

树荫下吃茶，花果会掉入你的茶杯，小雀子会到你桌上来啄食，那真是别有一番天地。这是上游。下游是从骞斯德顿下去，河面展开，那是春夏间竞舟的场所。上下河分界处有一个坝筑，水流急得很，在星光下听水声，听近村晚钟声，听河畔倦牛刍草声，是我康桥经验中最神秘的一种：大自然的优美、宁静，调谐在这星光与波光的默契中，不期然的淹入了你的性灵。

…………

这河身的两岸都是四季常青最葱翠的草坪。从校友居的楼上望去，对岸草场上，不论早晚，永远有十数匹黄牛与白马，胫蹄没在恣蔓的草丛中，从容的在咬嚼，星星的黄花在风中动荡，应和着它们尾鬃的扫拂。桥的两端有斜倚的垂柳与掬荫护住。水是澈底的清澄，深不足四尺，匀匀的长着长条的水草。这岸边的草坪又是我的爱宠，在清朝，在傍晚，我常去这天然的织锦上坐地，有时读书，有时看水，有时仰卧着看天空的行云，有时反仆着搂抱大地的温软。

但河上的风流还不止两岸的秀丽，你得买船去玩。……

你站在桥上去看人家撑，那多不费劲，多美！尤其在礼拜天有几个专家的女郎，穿一身缟素衣服，裙裾在风前悠悠的飘着，戴一顶宽边的薄纱帽，帽影在水草间颤动。你看她们出桥洞时的姿态，捻起一根竟像没分量的长竿，只轻轻的，不经心的往波心里一点，身子微微的一蹲，这船身便波的转出了桥影，翠条鱼似的向前滑了去。她们那敏捷，那闲暇，那轻盈，真是值得歌咏的。

在初夏阳光渐暖时，你去买一只小船，划去桥边荫下，躺着念你的书或是做你的梦，槐花香在水面上飘浮，鱼群的唼喋声在你的耳边挑逗。或是在初秋的黄昏，迎着新月的寒光，望上流僻静处远去。爱热闹的少年们携着他们的女友，在船沿上支着双双的东洋彩纸灯，带着话匣子，船心里用软垫铺着，也开向无人迹处去享受他们的野福——谁不爱听那水底翻的音乐在静定的河上描写梦意与春光！

…………

静极了，这朝来水溶溶的大道，只远处牛奶车的铃声，点缀这周遭的沉默。顺着这大道走去，去到尽头，再转入林子里的小径，往烟雾浓密处走去，头顶是交枝的榆荫，透露着漠楞楞的曙色。再往前走去，走尽这林子，当前是平坦的原野，望见了村舍，初青的麦田；更远三两个馒形的小山掩住了一条通道，天边是雾茫茫的，尖尖的黑影是近村的教寺。听，那晓钟和缓的清音。这一带是此邦中部的平原，地形像是海里的轻波，默沉沉的起伏，山岭是望不见的，有的是常青的草原与沃腴的田壤。登那土阜上望去，康桥只是一带茂林，拥戴着几处娉婷的尖阁。妩媚的康河也望不见踪迹，你只能循着那锦带似的林木想象那一流清浅。村舍与树林是这地盘上的棋子，有村舍处有佳荫，有佳荫处有村舍。这早起是看炊烟的时辰：朝雾渐渐的升起，揭开了这灰苍苍的天幕（最好是微霰后的光景），远近的炊烟，成丝的，成缕的，成卷的，轻快的，迟重的，浓灰的，淡青的，惨白的，在静定的朝气里渐渐的上腾，渐渐的不见，仿佛是朝来人们的祈祷，参差的翳入了天听。朝阳是难得见的，这初春的天气，但它来时是起早人莫大的愉快。顷刻间这田野添深了颜色，一层轻纱似的金粉糁上了这草，这树，这通道，这庄舍。顷刻间这周遭弥漫了清晨富丽的温柔。顷刻间你的心怀也分润了白天诞生的光荣。……（摘引自《巴黎的鳞爪》）

对自然的感印下笔还容易，文字清而新，能凝眸动静光色，写下来即令人得到一种柔美印象。难的是对都市光景的捕捉，用极经济篇章，写一个繁华动荡、建筑物高耸、人群交流的都市。文字也俨然具建筑性，具流动性。如写巴黎：

咳，巴黎！到过巴黎的一定不会再希罕天堂；尝过巴黎的，老实说，连地狱都不想去了。整个的巴黎就像是一床野鸭绒的垫褥，衬得你通体舒泰，硬骨头都给熏酥了的——有时许太热一些，那也不碍事，只要你受得住。赞美是多余的，正如赞美天堂是多余的；咒诅也是多余的，正如咒诅地狱是多余的。巴黎，软绵绵的巴黎，只在你临别的时候轻轻地嘱咐一声："别忘了，再来！"其实连这都是多余的，谁不想再去？谁忘得了？

香草在你的脚下，春风在你的脸上，微笑在你的周遭。不拘束你，不责备你，不督饬你，不窘你，不恼你，不揉你。它搂着你，可不缚住你：是一条温存的臂膀，不是根绳子。它不是不让你跑，但它那招逗的指尖却永远在你的记忆里晃着。多轻盈的步履，罗袜的丝光随时可以沾上你记忆的颜色。

但巴黎却不是单调的喜剧。赛因河的柔波里掩映着罗浮宫的倩影，它也收藏着不少失意人最后的呼吸。流着，温驯的水波；流着，缠绵的恩怨。咖啡馆：和着交颈的软语，开怀的笑响，有踞坐在屋隅里蓬头少年计较自毁的哀思。跳舞场：和着翻飞的乐调，迷醇的酒香，有独自支颐的少妇思量着往迹的怆心。浮动在上一层的许是光明，是欢畅，是快乐，是甜蜜，是和谐；但沉淀在底里阳光照不到的才是人事经验的本质：说重一点是悲哀，说轻一点是惆怅。谁不愿意永远在轻快的流波里漾着，可得留神了你往深处去时的发见！

…………

放宽一点说，人生只是个机缘巧合：别瞧日常生活河水似的流得平顺，它那里面多的是潜流，多的是漩涡——轮着的时候，谁躲得了给卷了进去？那就是你发愁的时候，是你登仙的时候，是你辨着酸的时候，是你尝着甜的时候。

巴黎也不定比别的地方怎样不同，不同就在那边生活流波里的潜流更猛，漩涡更急，因此你叫给卷进去的机会也就更多。（摘自《巴黎的鳞爪·引言》）

同样是写“物”，前面从实处写所见，后面从虚处写所感。在他的诗中也可以找出相近的例。从实处写，如《石虎胡同七号》；从虚处写，如《云游》。

我们的小园庭，有时荡漾着无限温柔：
善笑的藤娘，袒酥怀任团团的柿掌绸缪；
百尺的槐翁，在微风中俯身将棠姑抱搂；
黄狗在篱边，守候睡熟的狗儿，它的小友；
小雀儿新制求婚的艳曲，在媚唱无休——
我们的小园庭，有时荡漾着无限温柔。

我们的小园庭，有时淡描着依稀的梦景：
雨过的苍茫与满庭荫绿，织成无声幽冥；
小蛙独坐在残兰的胸前，听隔院蚓鸣；
一片化不尽的雨云，倦展在老槐树顶；
掠檐前作圆形的舞旋，是蝙蝠，还是蜻蜓？
我们的小园庭，有时淡描着依稀的梦景。

我们的小园庭，有时轻喟着一声奈何：
奈何在暴雨时，雨槌下捣烂鲜红无数；
奈何在新秋时，未凋的青叶惆怅地辞树；

奈何在深夜里，月儿乘云艇归去，西墙已度；
远巷薤露的乐音，一阵阵被冷风吹过——
我们的小园庭，有时轻喟着一声奈何。

我们的小园庭，有时沉浸在快乐之中：
雨后的黄昏，满院只美荫，清香与凉风；
大量的蹇翁，巨樽在手，蹇足直指天空；
一斤，两斤，杯底喝尽，满怀酒欢，满面酒红，
连珠的笑响中，浮沉着神仙似的酒翁——
我们的小园庭，有时沉浸在快乐之中。

（《石虎胡同七号》）

那天你翩翩的在空际云游，
自在，轻盈，你本不想停留
在天的那方或地的那角，
你的愉快是无拦阻的逍遥。
你更不经意在卑微的地面
有一流涧水，虽则你的明艳
在过路时点染了他的空灵，
使他惊醒，将你的倩影抱紧。

他抱紧的只是绵密的忧愁，
因为美不能在风光中静止。
他要，你已飞渡万重的山头，
去更阔大的湖海投射影子！
他在为你消瘦，那一流涧水，
在无能的盼望，盼望你飞回！（《云游》）

一切优秀作品的制作，离不了手与心。更重要的，也许还是培养手与心那个“境”，一个比较清虚寥廓，具有反照反省能够消化现象与意象的境。单独把自己从课堂或寝室、朋友或同学拉开，静静的与自然对面，即可慢慢得到。关于这问题，下面的自白便很有意思。作者的散文，以富于热情见长，风格独具。可是这热情的培养与表现，却从一个单独的境中得来的：

“单独”是一个耐人寻味的现象。我有时想它是任何发见的第一个条件。你要发见你的朋友的“真”，你得有与他单独的机会。你要发见你自己的真，你得给你自己一个单独的机会。你要发见一个地方（地方一样有灵性)，你也得有单独玩的机会。我们这一辈子，认真说，能认识几个人？能认识几个地方？我们都是太匆忙，太没有单独的机会。

…………

但一个人要写他最心爱的对象，不论是人是地，是多么使他为难的一个工作？你怕，你怕描坏了它，你怕说过分了恼了它，你怕说太谨慎了辜负了它。……（《我所知道的康桥》）

徐志摩作品给我们感觉是“动”，文字的动，情感的动，活泼而轻盈，如一盘圆莹珠子在阳光下转个不停，色彩交错，变幻眩目。他的散文集《巴黎的鳞爪》代表他作品最高的成就。写景，写人，写事，写心，无一不见出作者对于现世光色的敏感，与对于文字性能的敏感。

从周作人鲁迅作品学习抒情

徐志摩作品给我们感觉是“动”，文字的动，情感的动，活泼而轻盈，如一盘圆莹珠子在阳光下转个不停，色彩交错，变幻眩目。他的散文集《巴黎的鳞爪》代表他作品最高的成就。写景，写人，写事，写心，无一不见出作者对于现世光色的敏感，与对于文字性能的敏感。若从反一方面看，同样，是这个人生，反映在另一作者观感上表现出来却完全不相同。我们可以将周氏兄弟的作品，提出来说说。

周作人作品和鲁迅作品，从所表现思想观念的方式说似乎不宜相提并论：一个近于静静的独白；一个近于恨恨的咒诅。一个充满人情温暖的爱，理性明莹虚廓，如秋天，如秋水，于事不隔；一个充满对于人事的厌憎，情感有所蔽塞，多愤激，易恼怒，语言转见出异常天真。然而有一点却相同，即作品的出发点，同是一个中年人对于人生的观照，表现感慨。这一点和徐志摩实截然不同。从作品上看徐志摩，人可年青多了。

抒情文应不限于写景，写事，对自然光色与人生动静加以描绘，也可以写心，从内面写，如一派澄清的涧水，静静的从心中流出。周作人在这方面的长处，可说是近二十年来新文学作家中应首屈一指。他的特点在写对一问题的看法，近人情而合道理。如论“人”，就很有意思，那文章题名《伟大的捕风》：

> 我最喜欢读《旧约》里的《传道书》。传道者劈头就说“虚空的虚空”，接着又说道：“已有的事后必再有，已行的事后必再行。日光之下并无新事。”这都是使我很喜欢读的地方。
>
> …………
>
> 已有的事后必再有，已见的事后必再行，此人生之所以为虚空的虚空也欤？传道者之厌世盖无足怪，他说：“我又专心察明智慧、狂妄和愚昧，乃知这也是捕风，因为多有智慧就多有愁烦，加增智识就加增郁伤。”话虽如此，对于虚空的唯一的办法，其实还只有虚空之追踪。而对于狂妄与愚昧之察明，乃是这虚无的世间第

一有趣味的事，在这里我不得不和传道者意见分歧了。勃阑特思批评福罗贝尔，说他的性格是用两种分子合成：“对于愚蠢的火烈的憎恶，和对于艺术无限的爱。这个憎恶，与凡有的憎恶一例，对于所憎恶者感到一种不可抗的牵引。各种形式的愚蠢，如愚行，迷信，自大，不宽容，都磁力似的吸引他，感发他。他不得不一件件的把他们描写出来。”……

察明同类之狂妄和愚昧，与思索个人的老死病苦，一样是伟大的事业，积极的人可以当一种重大的工作，在消极的也不失为一种有趣的消遣。虚空尽由他虚空，知道他是虚空，而又偏去追迹，去察明，那么这是很有意义的，这实在可以当得起说是伟大的捕风。法儒巴思卡耳在他的《感想录》上曾经说过：

“人只是一根芦苇，世上最脆弱的东西，但他是一根会思想的芦苇。这不必要世间武装起来，才能毁坏他；只需一阵风，一滴水，便足以弄死他了。但即使宇宙害了他，人总比他的加害者还要高贵。因为他知道他是将要死了，知道宇宙的优胜。宇宙却一点不知道这些。”（《周作人散文钞》）

本文说明深入人生，体会人生，意即可以建设一种对于人生的意见。消遣即明知的享乐，即为向虚无有所追求，亦无妨碍。

又说人之所以为人，在明知和感觉所以形成重要。而且能表现这明知和感觉。

又如谈文艺的宽容，正可代表“五四”以来自由主义者对于“文学上的自由”一种看法：

> 文艺以自己表现为主体，以感染他人为作用，是个人的而亦为人类的。所以文艺的条件是自己表现，其余思想与技术上的派别都在其次。——【他的意思是适用于已有成绩，不适于预约方向。】是研究的人便宜上的分类，不是文艺本质上判分优劣的标准。各人的个性既然是各各不同（虽然在终极仍有相同之一点，即是人性），那么表现出来的文艺，当然是不相同。现在倘若拿了批评上的大道理要去强迫统一，即使这不可能的事情居然实现了，这样文艺作品已经失了他唯一的条件，其实不能成为文艺了。因为文艺的生命是自由不是平等，是分离不是合并，所以宽容是文艺发达的必要的条件。【这里表示对当时的一为观念否认，对文言抗议。】

然而宽容决不是忍受。不滥用权威去阻遏他人的自由发展是宽容，任凭权威来阻遏自己的自由发展而不反抗是忍受。正当的规则是：当自己求自由发展时，对于压迫的势力，不应取忍受的态度；当自己成了已成势力之后，对于他人的自由发展，不可不取宽容的态度。聪明的批评家自己不妨属于已成势力的一分子，但同时应有对于新兴潮流的理解与承认。他的批评是印象的鉴赏，不是法理的判决，是诗人的而非学者的批评。文学固然可以成为科学的研究，但只是已往事实的综合与分析，不能作为未来的无限发展的轨范。文艺上的激变不是破坏【文艺的】法律，乃是增加条文。譬如无韵诗的提倡，似乎是破坏了“诗必须有韵”的法令，其实他只是改定了旧时狭隘的范围，将他放大，以为“诗可以无韵”罢了。表示生命之颤动的文学，当然没有不变的科律；历代的文艺在他自己的时代都是一代的成就，在全体上只是一个过程。要问文艺到什么程度是大成了，那犹如问文化怎样是极顶一样，都是不能回答的事，因为进化是没有止境的。许多人错把全体的一过程认做永久的完成，所以才有那些无聊的争执，其实只是自扰。何不将这白费的力气去做正当的事，走自己的路程呢。

近来有一群守旧的新学者，常拿了新文学家的“发挥个性，注重创造”的话做挡牌，【指学衡派言】以为他们不应该“对于文言者仇视之”；这意思似乎和我所说的宽容有点相像，但其实是全不相干的。宽容者对于过去的文艺固然予以相当的承认与尊重，但是无所用其宽容，因为这种文艺已经过去了，不是现在的势力所能干涉，便再没有宽容的问题了。所谓宽容乃是说已成势力对于新兴流派的态度，正如壮年人的听任青年的活动。其重要的根据，在于活动变化是生命的本质，无论流派怎么不同，但其发展个性，注重创造，同是人生的文学的方向，现象上或是反抗，在全体上实是继续，所以应该宽容，听其自由发育。若是“为文言”或拟古（无论拟古典或拟传奇派）的人们，既然不是新兴的更进一步的流派，当然不在宽容之列。——这句话或者有点语病，当然不是说可以“仇视之”，不过说用不着人家的宽容罢了。他们遵守过去的权威的人，背后得有大多数人的拥护，还怕谁去迫害他们呢。老实说，在中国现在文艺界上宽容旧派还不成为问题，倒是新派究竟已否成为势力，应否忍受旧派的压迫，却是未可疏忽的一个问题。（《自己的园地》）

在《自己的园地》一文中，对于人与艺术，作品与社会，尤有极好的见地。第一节谈到文学创造，不以卑微而自弃，与当时思想界所提出的劳工神圣、人类平等原则相同，并以社会的宽广无所不容为论。次一节则谈为人生与为艺术两种文艺观的差别性何在，且认为人生派非功利而功利自见，引“种花”作例：

我们自己的园地是文艺，这是要在先声明的。我并非厌薄别种活动而不屑为——我平常承认各种活动于生活都是必要；实在是小半由于没有这样的材能，大半由于缺少这样的趣味，所以不得不在这中间定一个去就。但我对于这个选择并不后悔，并不惭愧地面的小与出产的薄弱而且似乎无用。依了自己的心的倾向，去种蔷薇、地丁，这是尊重个性的正当办法。即使如别人所说各人果真应报社会的恩，我也相信已经报答了，因为社会不但需要果蔬药材，却也一样迫切的需要蔷薇与地丁。——如有蔑视这些的社会，那便是白痴的只有形体而没有精神生活的社会，我们没有去顾视他的必要。

有人说道：据你所说，那么你所主张的文艺，一定是人生派的艺术了。泛称人生派的艺术，我当然没有什么反对，但是普通所谓人生派是主张“为人生的艺术”的，对于这个我却有一点意见。“为艺术而艺术”将艺术与人生分离，并且将人生附属于艺术。至于如王尔德的提倡人生之艺术化，固然不很妥当，“为人生的艺术”以艺术附属于人生，将艺术当作改造生活的工具而非终极，也何尝不把艺术与人生分离呢？我以为艺术当然是人生的，因为他本是我们感情生活的表现，叫他怎能与人生分离？“为人生”——于人生有实利，当然也是艺术本有的一种作用，但并非唯一的职务。总之艺术是独立的，却又原来是人性的，所以既不必使他隔离人生，又不必使他服侍人生，只任他成为浑然的人生艺术便好了。“为艺术”派以个人为艺术的工匠，“为人生”派以艺术为人生的仆役。现在却以个人为主人，表现情思而成艺术，即为其生活之一部，初不为福利他人而作；而他人接触这艺术，得到一种共鸣与感兴，使其精神生活充实而丰富，又即以为实生活的基本。这是人生的艺术的要点，有独立的艺术美与无形的功利。我所说的蔷薇、地丁的种作便是如此。有些人种花聊以消遣，有些人种花志在卖钱，真种花者以种花为其生活——而花亦未尝不美，未尝于人无益。

胡适之在《五十年来中国之文学》称他的文章为用平淡的谈话，包藏深刻的意味。作品的成功，彻底破除了“美文不能用白话”的迷信。朱光潜论《雨天的书》，说到这本书的特质，第一是清，第二是冷，第三是简洁。两个批评者的文章，都以叙事说理明白见长，却一致推重周作人的散文为具有朴素的美。这种朴素的美，很影响到十年来过去与当前未来中国文学使用文字的趋向。它的影响也许是部分的，然而将永远是健康而合乎人性的。他的文章虽平淡朴素，他的思想并不萎靡，在《国民文学》一文中，便表现得极彻底。

而且国民文学的提倡，是由他起始的。苏雪林在她的《论周作人》一文中，把他称为一个“思想家”，很有道理。如论及中国问题时：

希腊人有一种特性，也是从先代遗传下来的，是热烈的求生欲望。他不是苟延残喘的活命，乃是希求美的健全的充实的生活……中国人实在太缺少求生的意志，由缺少而几乎至于全无。——中国人近来常以平和忍耐自豪，这其实并不是好现象。我并非以平和为不好，只因为中国的平和耐苦不是积极的德性，乃是消极的衰耗的证候，所以说不好。譬如一个强有力的人他有压迫或报复的力量而隐忍不动，这才是真的平和。中国人的所谓爱平和，实在只是没气力罢了，正如病人一样。这样没气力下去，当然不能“久于人世”。这个原因大约很长远了，现在且不管他，但救济是很要紧的。这有什么法子呢？我也说不出来，但我相信一点兴奋剂是不可少的：进化论的伦理学上的人生观，互助而争存的生活，尼采与托尔斯泰，社会主义与善种学，都是必要。（周作人的《新希腊与中国》）

然而这种激进思想，似因年龄堆积，体力衰弱，很自然转而成为消沉，易与隐逸相近，所以曹聚仁对于周作人的意见，是“由孔融到陶潜”。意即从愤激到隐逸，从多言到沉默，从有为到无为。精神方面的衰老，对世事不免具浮沉自如感。因之嗜好是非，便常有与一般情绪反应不一致处。二十六年北平沦陷后，尚留故都，即说明年龄在一个思想家所生的影响，如何可怕。

周作人的小品文，鲁迅的杂感文，在二十年来中国新文学活动中，正说明两种倾向：前者代表田园诗人的抒情，后者代表艰苦斗士的作战。同样是看明白了“人生”，同源而异流：一取退隐态度，只在消极态度上追究人生，大有自得其乐意味；一取迎战态度，冷嘲热讽，短兵相接，在积极态度上正视人生，也俨然自得其乐。对社会取退隐态度，所以在民十六以后，周作人的作品，便走上草木虫鱼路上去，晚明小品文提倡上去。对社会取迎战态度，所以鲁迅的作品，便充满与人与社会敌对现象，大部分是骂世文章。然而从鲁迅取名《野草》的小品文集看看，便可证明这个作者另一面的长处，即纯抒情作风的长处，也正浸透了一种素朴的田园风味。如写“秋夜”：

在我的后园，可以看见墙外有两株树，一株是枣树，还有一株也是枣树。

这上面的夜的天空，奇怪而高，我生平没有见过这样的奇怪而高的天空。他仿佛要离开人间而去，使人们仰面不再看见。然而现在却非常之蓝，闪闪地映着几十个星星的眼，冷眼。他的口角上现出微笑，似乎自以为大有深意，而将繁霜洒在我的园里的野花草上。

我不知道那些花草真叫什么名字，人们叫他们什么名字。我记得有一种开过极细小的粉红花，现在还开着，但是更极细小了，她在冷的夜气中，瑟缩地做梦，梦见春的到来，梦见秋的到来，梦见瘦的诗人将眼泪擦在她最末的花瓣上，告诉她秋虽然来，冬虽然来，而此后接着还是春，蝴蝶乱飞，蜜蜂都唱起春词来了。她于是一笑，虽然颜色冻得红惨惨地，仍然瑟缩着。

枣树，他们简直落尽了叶子。先前，还有一两个孩子来打他们别人打剩的枣子，现在是一个也不剩了，连叶子也落尽了。他知道小粉红花的梦，秋后要有春；他也知道落叶的梦，春后还是秋。他简直落尽叶子，单剩干子，然而脱了当初满树是果实和叶子时候的弧形，欠伸得很舒服。但是，有几枝还低亚着，护定他从打枣的竿梢所得的皮伤，而最直最长的几枝，却已默默地铁似的直刺着奇怪而高的天空，使天空闪闪地鬼䀹眼；直刺着天空中圆满的月亮，使月亮窘得发白。

鬼䀹眼的天空越加非常之蓝，不安了，仿佛想离去人间，避开枣树，只将月亮剩下。然而月亮也暗暗地躲到东边去了。而一无所有的干子，却仍然默默地铁似的直刺着奇怪而高的天空，一意要制他的死命，不管他各式各样地䀹着许多蛊惑的眼睛。

哇的一声，夜游的恶鸟飞过了。

我忽而听到夜半的笑声，吃吃地，似乎不愿意惊动睡着的人，然而四围的空气都应和着笑。夜半，没有别的人，我即刻听出这声音就在我嘴里，我也即刻被这笑声所驱逐，回进自己的房。灯火的带子也即刻被我旋高了。

后窗的玻璃上丁丁地响，还有许多小飞虫乱撞。不多久，几个进来了，许多从窗纸的破孔进来的。他们一进来，又在玻璃的灯罩上撞得丁丁地响。一个从上面撞进去了，他于是遇到火，而且我以为这火是真的。两三个却休息在灯的纸罩上喘气。那罩是昨晚新换的罩，雪白的纸，折出波浪纹的叠痕，一角还画出一枝猩红色的栀子。

猩红的栀子开花时，枣树又要做小粉红花的梦，青葱地弯成弧形了……我又听到夜半的笑声；我赶紧砍断我的心绪，看那老在白纸罩上的小青虫，头大尾小，向日葵子似的，只有半粒小麦那么大，遍身的颜色苍翠得可爱，可怜。

我打一个呵欠，点起一支纸烟，喷出烟来，对着灯默默地敬奠这些苍翠精致的英雄们。

这种情调与他当时译《桃色的云》《小约翰》大有关系。

与他的恋爱或亦不无关系。这种抒情倾向，并不仅仅在小品文中可以发现，即他的小说大部分也都有这个倾向。如《社戏》《故乡》《示众》《鸭的喜剧》《兔和猫》，无不见出与周作人相差不远的情调，文字从朴素见亲切处尤其相近。然而对社会现象表示意见时，迎战态度的文章，却大不相同了。如纪念因三一八惨案请愿学生刘和珍被杀即可作例：

> 真的猛士，敢于直面惨淡的人生，敢于正视淋漓的鲜血。这是怎样的哀痛者和幸福者？然而造化又常常为庸人设计，以时间的流驶，来洗涤旧迹，仅使留下淡红的血色和微漠的悲哀。在这淡红的血色和微漠的悲哀中，又给人暂得偷生，维持着这似人非人的世界。我不知道这样的世界何时是一个尽头！
>
> …………
>
> 时间永是流驶，街市依旧太平，有限的几个生命，在中国是不算什么的，至多，不过供无恶意的闲人以饭后的谈资，或者给有恶意的闲人作“流言”的种子。至于此外的深的意义，我总觉得很寥寥，因为这实在不过是徒手的请愿。人类的血战前行的历史，正如煤的形成，当时用大量的木材，结果却只是一小块，但请愿是

不在其中的，更何况是徒手。

然而既然有了血痕了，当然不觉要扩大。至少，也当浸渍了亲族，师友，爱人的心，纵使时光流驶，洗成绯红，也会在微漠的悲哀中永存微笑的和蔼的旧影。陶潜说过：“亲戚或余悲，他人亦已歌。死去何所道，托体同山阿。”倘能如此，这也就够了。

感慨沉痛，在新文学作品中实自成一格。另外一种长处是冷嘲，骂世，如《二丑艺术》可以作例：

浙东的有一处的戏班中，有一种脚色叫作“二花脸”，译得雅一点，那么，“二丑”就是。他和小丑的不同，是不扮横行无忌的花花公子，也不扮一味仗势的宰相家丁，他所扮演的是保护公子的拳师，或是趋奉公子的清客。总之：身分比小丑高，而性格却比小丑坏。

义仆是老生扮的，先以谏诤，终以殉主；恶仆是小丑扮的，只会作恶，到底灭亡。而二丑的本领却不同，他有点上等人模样，也懂些琴棋书画，也来得行令猜谜，但倚靠的是权门，凌蔑的是百姓，有谁被压迫了，他就来冷笑几声，畅快一下，有谁被陷害了，他又去吓唬一下，吆喝几声。不过他的态度又并不常常如此的，大抵一面又回过脸来，向台下的看客指出他公子的缺点，摇着头装起鬼脸道：你看这家伙，这回可要倒楣哩！

这最末的一手，是二丑的特色。因为他没有义仆的愚笨，也没有恶仆的简单，他是知识阶级。他明知道自己所靠的是冰山，一定不能长久，他将来还要到别家帮闲，所以当受着豢养，分着余炎的时候，也得装着和这贵公子并非一伙。

二丑们编出来的戏本上，当然没有这一种脚色的，他那里肯；小丑，即花花公子们编出来的戏本，也不会有，因为他们只看见一面，想不到的。这二花脸，乃是小百姓看透了这一种人，提出精华来，制定了的脚色。

世间只要有权门，一定有恶势力，有恶势力，就一定有二花脸，而且有二花脸艺术。我们只要取一种刊物，看他一个星期，就会发现他忽而怨恨春天，忽而颂扬战争，忽而译萧伯纳演说，忽而讲婚姻问题；但其间一定有时要慷慨激昂的表示对于国事的不满：这就是用出末一手来了。

这最末的一手，一面也在遮掩他并不是帮闲，然而小百姓是明白的，早已使他的类型在戏台上出现了。

论冯文炳

从“五四”以来，以清淡朴讷文字，原始的单纯，素描的美，支配了一时代一些人的文学趣味，直到现在还有不可动摇的势力，且俨然成一特殊风格的提倡者与拥护者，是周作人先生。

无论自己的小品，散文诗，介绍评论，通通把文字发展到“单纯的完全”中，彻底的把文字从藻饰空虚上转到实质言语来，那么非常切贴人类的情感，就是翻译日本小品文，及古希腊故事，与其他弱小民族卑微文学，也仍然是用同样调子介绍与中国年青读者晤面。因为文体的美丽，最纯粹的散文，时代虽在向前，将仍然不会容易使世人忘却，而成为历史的一种原型，那是无疑的。

周先生在文体风格独自以外，还有所注意的是他那普遍趣味。在路旁小小池沼负手闲行，对萤火出神，为小孩子哭闹感到生命悦乐与纠纷，那种绅士有闲心情，完全为他人所无从企及。用平静的心，感受一切大千世界的动静，从为平常眼睛所疏忽处看出动静的美，用略见矜持的情感去接近这一切，在中国新兴文学十年来，作者所表现的僧侣模样领会世情的人格，无一个人有与周先生面目相似处。

但在文章方面，冯文炳君作品，所显现的趣味，是周先生的趣味。文体有相近处，原是极平常的事，无可多言。对周先生的嗜好，有所影响，成为冯文炳君的作品成立的原素，近于武断的估计或不至于十分错误的。用同样的眼，同样的心，周先生在一切纤细处生出惊讶的爱，冯文炳君也是在那爱悦情形下，却用自己一支笔，把这境界纤细的画出，成为创作了。

在创作积量上看，冯文炳君是正像吝惜到自己文字，仅只薄薄两本。不过在这两个小集中，所画出作者人格的轮廓，是较之于以多量生产从事于创作，多用恋爱故事的张资平先生，有同样显明的个性独在的。第一个集子名《竹林故事》，民国十四年十月出版，第二个集子名《桃园》，十七年二月出版。两书皆附有周作人一点介绍文字，也曾说到“趣味一致”那一种话。另外为周作人所提到的那有“神光”的一篇《无题》，同最近在《骆驼草》上发表的《莫须有先生传》，没有结束，不见印出。

作者的作品，是充满了一切农村寂静的美。差不多每篇都可以看得到一个我们所熟悉的农民，在一个我们所生长的乡村，如我们同样生活过来的活到那地上。不但那农村少女动人清朗的笑声，那聪明的姿态，小小的一条河，一株孤零零的长在菜园一角的葵树，我们可以从作品中接近，就是那略带牛粪气味与略带稻草气味的乡村空气，也是仿佛把书拿来就可以嗅出的。

作者所显示的神奇，是静中的动，与平凡的人性的美。用淡淡文字，画一切风物姿态轮廓，有时这手法在早年夭去的罗黑芷君有相近处。然而从日本文而受暗示的罗君风格，同时把日本文的琐碎也捏着不再放下了，至于冯文炳君，文字方面是又最能在节制中见出可以说是悭吝文字的习气的。

作者生长在湖北黄冈，所采取的背景也仍然是那类小乡村方面。譬如小溪河，破庙，塔，老人，小孩，这些那些，是不会在中国东部的江浙与北部的河北山东出现的。作者地方性的强，且显明的表现在作品人物的语言上。按照自己的习惯，使文字离去一切文法束缚与藻饰，使文字变成言语，作者在另一时为另一地方人，有过这样吓人的批评：

冯文炳……风格不同处在他的文字文法不通。有时故意把它弄得不完全，好处也就在此。

说这样话的批评家，是很可笑的，因为其中有使人惊讶的简陋。其实一个生长在两湖、四川那一面的人，在冯文炳的作品中（尤其是对话言语），看得出作者对文字技巧是有特殊理解的。作者是“最能用文字记述言语”的一个人，同一时是无可与比肩并行的。

不过实在说来，作者因为作风把文字转到一个嘲弄意味中发展也很有过，如像在最近一个长篇中（《莫须有先生传》——《骆驼草》），把文字发展到不庄重的放肆情形下，是完全失败了的一个创作。在其他短篇也有过这种缺点。如在《桃园》第一篇第一页——

张太太现在算是“带来”了——带来云者……

八股式的反复，这样文体是作者的小疵，从这不庄重的文体，带来的趣味，使作者所给读者的影像是对于作品上的人物感到刻画缺少严肃的气氛。且暗示到对于作品上人物的嘲弄；这暗示，若不能从所描写的人格显出，却依赖到作者的文体，这成就是失败的成就。同样风格在鲁迅的《阿Q正传》与《孔乙己》上也有过同样情形，诙谐的难于自制，如《孔乙己》中之“多乎哉，不多也”，其成因或为由于文言文以及文言文一时代所留给我们可嘲笑的机会太多，无意识的在这方面无从节制了。但作者在《莫须有先生传》上，则更充分运用了这“长”处，这样一来，作者把文体带到一个不值得提倡的方向上去，是“有意为之”了。趣味的恶化（或者这只是我个人的见解），作者方向的转变，或者与作者在北平的长时间生活不无关系。在现时，从北平所谓“北方文坛盟主”周作人、俞平伯等等散文糅杂文言文在文章中，努力使之在此等作品中趣味化，且从而非意识的或意识的感到写作的喜悦，这“趣味的相同”，使冯文炳君以废名笔名发表了他的新作，在我觉得是可惜的。这趣味将使中国散文发展到较新情形中，却离了“朴素的美”越远，而同时所谓地方性，因此一来亦已完全失去，代替这作者过去优美文体显示一新型的只是畸形的姿态一事了。

创作原是自己的事，在一切形式上要求自由，在作者方面是应当缺少拘束的。但一个好的风格，使我们倾心神往机会较多，所以对于作者那崭新倾向，有些地方使人难于同意，是否适宜于作者创作，还可考虑。

如果我们读许钦文小说，所得的印象，是人物素描轮廓的鲜明，而欠缺却是在故事胚胎以外缺少一种补充——或者说一种近于废话而又是不可少的说明——那么冯文炳君是注意到这补充，且在这事上已尽过了力，虽因为吝惜文字，时时感到简单，也仍然见出作品的珠玉完全的。

另一作者鲁彦，取材从农村卑微人物平凡生活里，有与冯文炳作品相同处，但因为感慨的气氛包围及作者甚深，生活的动摇影响及于作品的倾向，使鲁彦君的作风接近鲁迅，而另有成就，变成无慈悲的讽刺与愤怒，面目全异了。

《上元灯》的作者施蛰存君，在那本值得一读的小集中，属于农村几篇作品一支清丽温柔的笔，描写及一切其接触人物姿态声音，也与冯文炳君作品有相似处，惟使文字奢侈，致从作品中失去了亲切气味，而多幻想成分，具抒情诗美的交织，无牧歌动人的原始的单纯，是施蛰存君长处，而与冯文炳君各有所成就的一点。

把作者，与现代中国作者风格并列，如一般所承认，最相称的一位，是本论作者自己。一则因为对农村观察相同，一则因背景地方风俗习惯也相同，然从同一方向中，用同一单纯的文体，素描风景画一样把文章写成，除去文体在另一时如人所说及“同是不讲文法的作者”外，结果是仍然在作品上显出分歧的。如把作品的一部并列，略举如下的篇章作例：

《桃园》（单行本）

《竹林故事》《火神庙和尚》《河上柳》（单篇）

《雨后》（单行本）

《夫妇》《会明》《龙朱》《我的教育》（单篇）

则冯文炳君所显示的是最小一片的完全，部分的细微雕刻，给农村写照，其基础，其作品显出的人格，是在各样题目下皆建筑到“平静”上面的。有一点忧郁，一点向知与未知的欲望，有对宇宙光色的眩目，有爱，有憎——但日光下或黑夜，这些灵魂，仍然不会骚动，一切与自然谐和，非常宁静，缺少冲突。作者是诗人（诚如周作人所说），在作者笔下，一切皆由最纯粹农村散文诗形式下出现，作者文章所表现的性格，与作者所表现的人物性格，皆柔和具母性，作者特点在此。《雨后》作者倾向不同。同样去努力为仿佛我们世界以外那一个被人疏忽遗忘的世界，加以详细的注解，使人有对于那另一世界憧憬以外的认识，冯文炳君只按照自己的兴味做了一部分所欢喜的事。使社会的每一面，每一棱，皆有一机会在作者笔下写出，是《雨后》作者的兴味与成就。用矜慎的笔，作深入的解剖，具强烈的爱憎有悲悯的情感，表现出农村及其他去我们都市生活较远的人物姿态与言语，粗糙的灵魂，单纯的情欲，以及在一切由生产关系下形成的苦乐，《雨后》作者在表现一方面言，似较冯文炳君为宽而且优。创作基础成于生活各面的认识，冯文炳君在这一点上，似乎永远与《雨后》作者异途了。在北平地方消磨了长年的教书的安定生活，有限制作者拘束于自己所习惯爱好的形式，故为周作人所称道的《无题》中所记琴子故事，风度的美，较之时间略早的一些创作，实在已就显出了不康健的病的纤细的美。至《莫须有先生传》，则情趣朦胧，呈露灰色，一种对作品人格烘托渲染的方法，讽刺与诙谐的文字奢侈僻异化，缺少凝目正视严肃的选择，有作者衰老厌世意识。此种作品，除却供个人写作的怿悦，以及二三同好者病的嗜好，在这工作意义上，不过是一种糟蹋了作者精力的工作罢了。

时代的演变，国内混战的继续，维持在旧有生产关系下而存在的使人憧憬的世界，皆在为新的日子所消灭。农村所保持的和平静穆，在天灾人祸贫穷变乱中，慢慢的也全毁去了。使文学，在一个新的希望上努力，向健康发展，在不可知的完全中，各人创作，皆应成为未来光明的颂歌之一页，这是新兴文学所提出的一点主张。在这主张上，因为作者有成为某一种说明者的独占趋势，而且在独占情形中，初期的幼稚作品，得到了不相称的批评者最大的估价，这样一来，文学的趣味自由主义，取反跃姿势，从另一特别方向而极端走去，在散文中有周作人、俞平伯等的写作，在诗歌中有戴望舒与于赓虞，在批评上，则有梁实秋对于曾孟朴之《鲁男子》曾有所称誉。又长虹君的作品，据闻也有查士元君在日文刊物上赞美的意见了。……一切一切，从初期文学革命的主张上，脱去了束缚，从写实主义幼稚的摒弃，到浪漫主义夸张的复活，又不仅是趣味的自由主义者所有的行为。在文学大众化的鼓吹者一方面，如《拓荒者》殷夫君的诗歌，是也采取了象征派的手法写他对于新的世界憧憬的。蒋光慈的创作，就极富于浪漫小说一切夸张的素质，与文字词藻的修饰。这反回运动，恰与欧洲讲新形式主义相应和，始终是浪漫主义文学同意者的郭沫若，及其他诸人，若果不为过去主张所限制，这新形式的提倡者，还恐怕是在他们手上要热闹起来，如过去其他趣味的提倡一样兴奋的。在这地方，冯文炳君过去的一些作品，以及作品中所写及的一切，算起来，一定将比鲁迅先生所有一部分作品，更要成为不应当忘去而已经忘去的中国典型生活的作品，这种事实在是当然的。

在冯文炳君作风上，具同意趋向，曾有所写作，年青作者中，有王坟、李同愈、李明棪、李连萃四君。惟王坟有一集子，在真美善书店印行，其他三人，虽未甚知名，将来成就，似较前者为优。

论落华生

《缀网劳蛛》，《空山灵雨》，《无法投递之邮件》，上述各作品作者落华生，是现在所想说到的一个。这里说及作品风格，是近于抽象而缺少具体引证的。是印象的复述。

在中国，以异教特殊民族生活作为创作基本，以佛经中邃智明辨笔墨，显示散文的美与光，色香中不缺少诗，落华生为最本质的使散文发展到一个和谐的境界的作者之一（另外的周作人、徐志摩、冯文炳诸人当另论）。这调和，所指的是把基督教的爱欲，佛教的明慧，近代文明与古旧情绪糅合在一处，毫不牵强的融成一片。作者的风格是由此显示特异而存在的。

最散文底诗质底是这人文章。

佛的聪明，基督的普遍的爱，透达人情，而于世情不作顽固之拥护与排斥，以佛经阐明爱欲所引起人类心上的一切纠纷，然而在文字中，处处不缺少女人的爱娇姿势，在中国，不能不说这是唯一的散文作家了！

作者用南方国度，如缅甸等处作为背景，所写成的各样文章，把僧侣家庭，及异方风物，介绍得那么亲切，作品中，咖啡与孔雀，佛法同爱情，仿佛无关系的一切联系在一处，使我们感到一种异国情调。读《命命鸟》，读《空山灵雨》，那一类文章，总觉得这是另外一个国度的人，学着另外一个国度里的故事（虽然在文字上那种异国情调的夸张性却完全没有），他用的是中国的乐器，是我们最相熟的乐器，奏出了异国的调子，就是那调子，那声音，那永远是东方的，静的，微带厌世倾向的，柔软忧郁的调子，使我们读到它时，不知不觉发生悲哀了。

对人生，所下诠解，那东方的，静的，柔软忧郁的特质，反映在作者一切作品上，在作者作品以外是可以得到最相当的说明的。作者似乎为台湾人，长于福建，后受基督教之高等教育，肄业北京之燕京大学。再后过牛津，学宗教考古学，识梵文及其他文字。作者环境与教育，更雄辩的也更朗然的解释了作者作品的自然倾向了。生于僧侣的国度（?），育于神学宗教学熏染中，始终用东方的头脑，接受一切用诗本质为基础的各种思想学问，这人散文在另一意义上，则将永远成为奢侈的，贵族的，情绪的滋补药品，不会像另一散文长才冯文炳君那么把文字融解到农村生活的骨里髓里去，也是很自然的事情了。

在“奢侈的，贵族的，情绪滋补”的一句话上，有必须那样加以补充的，是作者在作品里那种静观的反照的明澈。关于这点，并非在同一机会下的有教养的头脑，是不会感到那种古典的美的存在的。在这意义上，冯文炳君因为所理解的关于文字效率和运用，与作者不同，是接近“大众”或者接近“时代”许多了。

《缀网劳蛛》一文上，述一基督教徒的女人，用佛家的慈悲，救拯了一个逾墙跌伤的贼，第二天，其夫回来时，无理性的将女人刺伤，女人转到另一热带地方去做小事情，看采珠，从那事上找出东方式的反省。有一天，朋友吕姓夫妇寻来，告及一切，到后女人被丈夫欢迎回去。女人回去以后，丈夫因心中有所不安，仍然是那种东方民族性的反省不安，故走去就不回来了。全篇意思在人类纠纷，有情的人在这类纠纷上发现缺陷，各处的弥补，后来作者忍受不来，加以追究的疑问了。缺处的发现，以及对于缺处的处置，作者是更东方底把事情加以自己意见了的。

《命命鸟》上敏明的梦，《空山灵雨》上的梦，作者还是在继续追究意识下，对人生的万象感到扰乱的认识兴味。那认识是兴味也是苦恼，所以《命命鸟》取喜剧形式作悲剧收场。

用最工整细致的笔，按着纸，在纸上画出小小的螺纹，在螺纹上我们可以看出有聪明人对人生的注意那种意义，可以比拟作者“情绪古典的”工作的成就。语言的伶俐，形式上，或以为这规范，是有一小部分出之于《红楼梦》中贾哥哥同林妹妹的体裁的。

《空山灵雨》的《鬼赞》中，有这样的鬼话：

> 人哪，你在当生、来生的时候，有泪就尽量的流，有声就尽量的唱，有苦就尝，有情就施，有欲就取，有事就……等到你疲劳，等到你歇息的时候，你就有福了。

那么积极的对于“生的任性”加以赞美，而同时把福气归到灭亡，作者心情与时代是显然起了分解，现在再不能在文学上有所表现，渐被世人忘却，也是当然的事了。

作者的容易被世人忘却，虽为当然的事，然而有不能被人忘却的理由，为上所述及那特质的优长，我们可以这样结束了讨论这个人的一切，仍然采取了作者的句子：

“你底暮气满面，当然会把这歌忘掉。”

“暮”字似乎应当酌改，因为时代的旋转，是那朝气，使作者的作品陷到遗忘的陷阱里去的。

鲁迅的战斗

在批评上，把鲁迅称为“战士”，这样名称虽仿佛来源出自一二“自家人”，从年青人同情方面得到了附和，而又从敌对方面得到了近于揶揄的承认；然而这个人，有些地方是不愧把这称呼双手接受的。对统治者的不妥协态度，对绅士的泼辣态度，以及对社会的冷而无情的讥嘲态度，处处莫不显示这个人的大胆无畏精神。虽然这大无畏精神，若能详细加以解剖，那发动正似乎也仍然只是中国人的“任性”；而属于“名士”一流的任性，病的颓废的任性，可尊敬处并不比可嘲弄处为多。并且从另一方面去检察，也足证明那软弱不结实；因为那战斗是辱骂，是毫无危险的袭击，是很方便的法术。这里在战斗一个名词上，我们是只看得鲁迅比其他作家诚实率真一点的。另外是看得他的聪明，善于用笔作战，把自己位置在有阴影处。不过他的战斗还告了我们一件事情，就是他那不大从小利害打算的可爱处。从老辣文章上，我们又可以寻得到这个人的天真心情。懂世故而不学世故，不否认自己世故，却事事同世故异途，是这个人比其他作家名流不同的地方。这脾气的形成，有两面，一是年龄，一是生长的地方；我以为第一个理由较可解释得正确。

鲁迅是战斗过来的，在那五年来的过去。眼前仿佛沉默了，也并不完全消沉。在将来，某一个日子，某一时，我们当相信还能见到这个战士，重新的披坚持锐（在行为上他总仍然不能不把自己发风动气的样子给人取笑），向一切挑衅，挥斧扬戈吧。这样事，是什么时候呢？是谁也不明白的。这里所需要的自然是他对于人生的新的决定一件事了。

可是，在过去，在这个人任性行为的过去，本人所得的意义是些什么呢？是成功的欢喜，还是败北的消沉呢？

用脚踹下了他的敌人到泥里去以后，这有了点年纪的人，是不是真如故事所说“掀髯喝喝大笑”？从各方面看，是这个因寂寞而说话的人，正如因寂寞而唱歌一样，到台上去，把一阕一阕所要唱的歌唱过，听到拍手，同时也听到一点反对声音，但歌声一息，年青人皆离了座位，这个人，新的寂寞或原有的寂寞，仍然粘上心来了。为寂寞，或者在方便中说，为不平，为脾气的固有，要战斗，不惜牺牲一切，作恶詈指摘工作，从一些小罅小隙方便处，施小而有效的针螫，这人是可以说奏了凯而回营的。原有的趣味不投的一切敌人，是好像完全在自己一支笔下扫尽了，许多年青人皆成为俘虏感觉到战士的可钦佩了。这战士，在疲倦苏息中，用一双战胜敌人的眼与出奇制胜的心，睨视天的一方作一种忖度，忽然感到另外一个威严向他压迫，一团黑色的东西，一种不可抗的势力，向他挑衅；这敌人，就是衰老同死亡，像一只荒漠中以麋鹿作食料的巨鹰，盘旋到这略有了点年纪的人心头上，鲁迅吓怕了，软弱了。

从《坟》《热风》《华盖》各集到《野草》，可以搜索得出这个战士先是怎样与世作战，而到后又如何在衰老的自觉情形中战栗与沉默。他如一般有思想的人一样，从那一个黑暗而感到黑暗的严肃；也如一般有思想的人一样，把希望付之于年青人，而以感慨度着剩余的每一个日子了。那里有无可奈何的，可悯恻的，柔软如女孩子的心情，这心情是忧郁的女性的。青春的绝望，现世的梦的破灭，时代的动摇，以及其他纠纷，他无有不看到感到；他写了《野草》。《野草》有人说是诗，是散文，那是并无多大关系的。《野草》比其他杂感稍稍不同，可不是完全任性的东西。在《野草》上，我们的读者，是应当因为明白那些思想的蛇缭绕到作者的脑中，怎样的苦了这“战士”，把他的械缴去，被幽囚起来，而锢蔽中聊以自娱的光明的希望，是如何可怜的付之于年青时代那一面的。懂到《野草》上所缠缚的一个图与生存作战而终于用手遮掩了双眼的中年人心情，我们在另外一些过去一时代的人物，在生存中多悲愤，任性自弃，或故图违反人类生活里所有道德的秩序，容易得到一种理解的机会。从生存的对方，衰老与死亡，看到敌人所持的兵刃，以及所掘的深阱，因而更坚持着这生，顽固而谋作一种争斗，或在否定里谋解决，如释迦牟尼，这自然是一个伟大而可敬佩的苦战。同样看到了一切，或一片，因为民族性与过去我们哲人一类留下的不健康的生活观念所影响，在找寻结论的困难中，跌到了酒色声歌各样享乐世道里，消磨这生的残余，如中国各样古往今来的诗人文人，这也仍然是一种持着生存向前而不能，始反回毁灭那一条路的勇壮的企图。两种人皆是感着为时代所带走，由旧时代所培养而来的情绪不适宜于新的天地，在积极消极行为中向黑暗反抗，而那动机与其说是可敬可笑，倒不如一例给这些人以同样怜悯为恰当的。因为这些哲人或名士，那争斗的情形，仍然全是先屈服到那一个深阱的黑暗里，到后是恰如其所料，跌到里面去了。

同死亡衰老作直接斗争的，在过去是道教的神仙，在近世是自然科学家。因为把基础立在一个与诗歌同样美幻的唯心的抽象上面努力，做神仙的是完全失败了。科学的发明，虽据说有了可惊的成绩，但用科学来代替那不意的神迹，反自然的实现，为时仍似乎尚早。在中国，则知识阶级的一型中，所谓知识阶级不缺少绅士教养的中年人，对过去的神仙的梦既不能作，新的信赖复极缺少，在生存的肯定上起了惑疑，而又缺少堕入放荡行为的方便，终于彷徨无措，仍然如年纪方在二十数目上的年青人的烦恼，任性使气，睚眦之怨必报，多疑而无力向前，鲁迅是我们所知道见到的一个。

终于彷徨了自己的脚步，在数年来作着那个林语堂教授所说的装死时代的鲁迅先生，在那沉默里（说是“装死”原是侮辱了这个人的一句最不得体的话），我们是可以希望到有一天见到他那新的肯定后，跃马上场的百倍精神情形的。可是这事是鲁迅先生能够做到的，还是高兴去做的没有？虽然在左翼作家联盟添上了一个名字。这里是缺少智慧作像林教授那种答案的言语的。

在这个人过去的战斗意义上，有些人，是为了他那手段感到尊敬，为那方向却不少小小失望的。但他在这上面有了一种解释，作过一种辩护过。那辩护好像他说过所说的事全是非说不可。“是意气，把‘意气’这样东西除去，把‘趣味’这样东西除去，把因偏见而孕育的憎恶除去，鲁迅就不能写一篇文章了。”上面的话是我曾听到过一个有思想而对于鲁迅先生认识的年青人某君说过。那年青人说的话，是承认批评这字样，就完全建筑在意气与趣味两种理由上而成立的东西。但因为趣味同意气，即兴的与任性的两样原因，他以为鲁迅杂感与创作对世界所下的那批评，自己过后或许也有感到无聊的一时了。我对于这个估计十分同意。他那两年来的沉默，据说是有所感慨而沉默的。前后全是感慨！不作另外杂感文章，原来是时代使他哑了口。他对一些不可知的年青人，付给一切光明的希望，但对现在所谓左翼作者，他是在放下笔以后用口还仍然在作一种不饶人的极其缺少尊敬的批评的，这些事就说明了那意气粘膏一般还贴在心上。个人主义的一点强项处，是这人使我们有机会触着他那最人性的一面，而感觉到那孩子气的爱娇的地方的。在这里，我们似乎不适宜于用一个批评家口吻，说“那样好这样坏”拣选精肥的言语了，在研究这人的作品一事上，我们不得不把效率同价值暂时抛开的。

现在的鲁迅，在翻译与介绍上，给我们年青人尽的力，是他那排除意气而与时代的虚伪作战所取的一个最新的而最漂亮的手段。这里自然有比过去更大的贡献的意义存在。不过为了那在任何时皆可从那中年人言行上找到的“任性”的气分，那气分，将使他仍然会在某样方便中，否认他自己的工作，用俨然不足与共存亡的最中国型的态度，不惜自污那样说是“自己仍然只是趣味的原故做这些事”，用作对付那类捐着文学招牌到处招摇兜揽的人物，这是一定事实吧。这态度，我曾说过这是“最中国型”的态度的。

鲁迅先生不要正义与名分，是为什么原因？

现在所谓好的名分，似乎全为那些伶精方便汉子攫到手中了，许多人是完全依赖这名分而活下的，鲁迅先生放弃这正义了。作家们在自己刊物上自己作伪的事情，那样聪明的求名，敏捷的自炫，真是令人非常的佩服，鲁迅明白这个，所以他对于那纸上恭敬，也看到背面的阴谋。“战士”的绰号，在那中年人的耳朵里，所振动的恐怕不过只是那不端方的嘲谑。这些他那杂感里，那对于名分的逃遁，很容易给人发笑的神气，是一再可以发现到的。那不好意思在某种名分下生活的情形，恰恰与另一种人太好意思自觉神圣的，据说是最前进的文学思想掮客的大作家们作一巧妙的对照。在这对照上，我们看得出鲁迅的“诚实”，而另外一种的适宜生存于新的时代。

世界上，蠢东西仿佛总是多数的多数，在好名分里，在多数解释的一个态度下，在叫卖情形中，我们是从揹着圣雅各名义活得很舒泰的基督徒那一方面，可以憬然觉悟作着那种异途同归的事业的人是应用了怎样狡猾诡诈的方法而又如何得到了“多数”的。鲁迅并不得到多数，也不大注意去怎样获得，这一点是他可爱的地方，是中国型的作人的美处。这典型的姿态，到鲁迅，或者是最后的一位了。因为在新的生产关系下长成的年青人，如郭沫若，如……在生存态度下，是种下了深的、顽固的、争斗的力之种子，贪得，进取，不量力的争夺，空的虚声的呐喊，不知遮掩的战斗，造谣，说谎，种种在昔时为“无赖”而在今日为“长德”的各样行为，使“世故”与年青人无缘，鲁迅先生的战略，或者是不会再见于中国了！

论施蛰存与罗黑芷

把施蛰存名字，与罗黑芷这名字放在一处相提并论，有些方便处。

一　这两人皆以被都市文明侵入后小城小镇的毁灭为创作基础，把创作当诗来努力，有所写作。

二　两人的笔致技巧的某一方面得失有相近处。

然而实在也可以说，因两人各异其趣，创作中人物中心表现的方法完全不同，对照的论及，可以在比较中见出两人各在创作一面的成就，以及其个性所在，因此放在一处论及的。

以被都市物质文明毁灭的中国中部城镇乡村人物作模范，用略带嘲弄的悲悯的画笔，涂上鲜明正确的颜色，调子美丽悦目，而显出的人物姿态又不免有时使人发笑，是鲁迅先生的作品独造处。分得了这一部分长处，是王鲁彦，许钦文，同黎锦明。王鲁彦把诙谐嘲弄拿去，许钦文则在其作品中，显现了无数鲁迅所描写过的人物行动言语的轮廓，黎锦明，在他的粗中不失其为细致的笔下，又把鲁迅的讽刺与鲁彦平分了。另外一点，就是因年龄体质这些理由，使鲁迅笔下忧郁的气氛，在鲁彦作品虽略略见到，却没有文章风格异趣的罗黑芷那么同鲁迅相似。另外，于江南风物，农村静穆和平，作抒情的幻想，写了如《故乡》《社戏》诸篇表现的亲切，许钦文等没有做到，施蛰存君，却也用与鲁迅风格各异的文章，补充了鲁迅的说明。

略近于纤细的文体，在描写上能尽其笔之所诣，清白而优美，施蛰存君在此等成就上，是只须把那《上元灯》一个集子在眼前展开，就可以明白的。柔和的线，画出一切人与物，同时能以安详的态度，把故事补充成为动人的故事，如《上元灯》中《渔人何长庆》《妻之生辰》《上元灯》诸篇，作者的成就，在中国现代短篇作家中似乎还无人可企及。《栗与芋》，从别人家庭中，见出一种秘密，因而对人生感到一点忧愁，作风近于受了一点周译日本小说集中之《乡愁》《到纲目去》等暗示而成，然作者所画出的背景，却分明的有作者故乡松江那种特殊的光与色。即如写《闵行秋日纪事》，以私贩一类题材，由作者笔下展开，也在通篇交织着诗的和谐。作者的技巧，可以说是完美无疵的。

以一个自然诗人的态度，观察及一切世界姿态，同时能用温暖的爱，给予作品中以美而调和的人格，施蛰存君比罗黑芷君作品应完全一点。然而作者方向也就限制到他的文体中，拘于纤细，缺少粗犷，无从前进了。作者当意识转换，在《上元灯》稍后，写了稍长的短篇以革命恋爱作题材的《追》时，文字仍不失其为完全，却成为一个失败的作品的。写农村风物，与小绅士有产阶级在情感或其他行为中，所显示的各种姿势，是作者所长。写来从容不迫，作者作品有时较冯文炳尚为人欢喜。写新时代的纠纷，各个人物的矛盾与冲突，野蛮的灵魂，单纯的概念，叫喊，流血，作者生活无从体会得到。这些这些，所以失败了。作者秀色动人的文字，适宜于发展到对于已经消失的，过去一时代虹光与星光作低徊的回忆，故《渔人何长庆》与《牧歌》都写得很好，另外则是写一点以本身位置在作品上，而又能客观的明晰的，纪录一种纤细神经所接触的世界各种反应的文章，如像《扇》《妻之生辰》《栗与芋》，即无创作组织，也仍具散文的各条件，在现代作者作品中可成一新型。

然而作者生活形成了作者诗人的人格，另外那所谓宽泛的人生，下流的，肮脏的，各特殊世界，北方的荒凉，南方的强悍，作者的笔是及不到的。

同样有一个现代人对新旧时代接近的机会，使自己从生活各面的棱中，反映出创作的种种，罗黑芷君因为生活、年龄、体质各样不同，作品整个的调子，却另走一路问世了。属于文体，由于一则直接受了日本文清丽明畅的暗示，一则间接受了暗示使自己文体固定在相近的标准上，两人作品有时可以并论。可是作品的发展，凡是属于施蛰存君的长处，罗黑芷君几几乎完全失去了。《上元灯》所有的组织风格，从罗黑芷君的《春日》里没有发现的机会。《春日》集子里全是忧郁气氛，然而由《上元灯》一个集子中《扇》同《栗与芋》表现的忧郁，是一个故事，《春日》集中《客厅中之一夜》《或人的日记》《遁逃》《不速之客》，皆只有一个叹息，一点感想。《乳娘》一篇还是不像故事，虽然作者已经就尽了极大的力，在组织上是不成其为可赞美的故事的。集中最后一篇《现代》，应当算是故事了，但抒情描写的部分太少，感想纠纷太多，仍然缺少一种纯艺术创作成立的条件。

同样在文字上都见出细雕的努力，施蛰存君作品中人物展开时，仿佛作者是含着笑那样谦虚，而同时，还能有那种暇裕，为作品中人物刷刷鞋子同调理一下嗓子。就是言语，行动，作者也是按照自己所要求的形式出场的。罗黑芷君这方面有了疏忽，比许多中国作者都大。许钦文能在一支笔随便的挥洒下，把眼底人物轮廓浮出，似乎极不费事。冯文炳小气似的用他那干净的笔写五句话，一个人物也就跃到纸上了。罗黑芷是不会做这个工作的。他努了力还是失败，这是什么理由？在这方面，作者是过分为所要写的感到的愤怒，又缺少鲁迅的冷静，所以失败了。

能用不大节制的笔，反复或大方的写，不吝惜到文字的耗费，在中国现代作家中，茅盾是一个，另外是丁玲，郁达夫等等。茅盾在男女情欲动摇上，能作详细的注解。丁玲能以进步的女子知识阶级身分，写男女在恋爱互相影响上细微的感想和反应。郁达夫，则人皆承认其一支奔放的笔，在欲望上加以分析，病的柔软感情，因体质衰弱，一切观念的动摇，恣肆的写来，得了年青人无今无古的同情。罗黑芷君文字的刻画，比起这几个人来又是不同的。

把故事写来，感想奔赴于脑内，热情同忧郁烘焙到作者，一面是斟酌字句的习惯，作者的文体，变到独成一格，却在这文字风格上，把作者固定，作品不容易通俗了。

作者作品内，那种貌似闲静却极焦躁的情形，在《客厅中之一夜》，可以看得出，在其他篇上，如《遁逃》《不速之客》《醉里》，也看得出。安详的看一切，安详的写出，所谓从容，是《上元灯》作者的所有，却是罗黑芷君所缺的。在描绘景物上，作者同施蛰存能在一样从容不迫情形上工作，一到人物制作，便完全不同了。作者的烦躁，便是诚如其题，说明了作者在创作时期的“动”。其所以使作者性格形成，从作者其他友人中所提及的作者生活较有关系。这一点，《或人的日记》，或者即可作为作者所记录自己的一个断片看。另外可注意的，是作者产生作品的地方，与那时代。民十到十六年，是作者作品产生的时期，作者所在地是长沙。这五六年来，湘人的愚蠢与聪明作战，新与旧战，势力与习惯战，没有一天不是在使人烦躁情形中。作者在这情形下，作品的形式，为生活所范，也是当然的事了。人虽是湘人，如写过《雹》的黎锦明君，写过《招姐》的罗皑岚君，关于在时间不甚差远的情形下，所有创作，尚多乡村和平的美，以及幻想中的浪漫传奇式的爱，是因为这两人离开了湖南，作品的背景虽不缺少本籍的声音颜色，作品却产生于北京的。知道了作者作品产生环境，再去检察《遁逃》《烦躁》《醉里》各篇，拿来与茅盾《野蔷薇》中各篇，同载录于《现代中国短篇小说选》中之《泥泞》一对照，以相似的篇章，互相参校，便觉得《春日》作者文字是在雕琢中失败，而组织，是又因为产生地使作者灵魂扰搅不堪，失去必须的一切静观中的完全，所以也失败，茅盾君，却在另外一种比较平定生活中，以及习惯的情形下，文章写得完全许多了。

苦闷，恍惚，焦躁，罗黑芷君想要捉到的并没有在作品的“完全”上作到，却在作品的“畸形”上显出，这一点，是应当用茅盾作为比较，才可分明的。

为修辞所累，使文字如自己的意思，却渐离了文字的习惯性与言语的习惯性越来越远的。罗黑芷同叶绍钧有同样的情形。

为愤怒（生活的与性格的两面形成），使作品不能成为完全的创作，对于全局组织的无从尽职，沈从文一部分作品中也与之有同样的短处。

然而罗黑芷君作品上所显示的这一时代的人格，是较之施蛰存君为真切而且动人的。《上元灯》是一首清丽明畅的诗，是为读者诵读而制作的故事，即如《追》，也仍然像是在这意义下写成。《醉里》与《春日》，是断句，是不合创作格律的篇章，是为自己而写的，作者的力在愤怒感慨上已经用完，又缺少用“废话”充实故事的习惯（在这事上茅盾君有特长），我们只能从作品上看出一点或许多东西，就是不完全的灵魂的苦与深。或者这苦与深，只能说是“作者”的人格，而并非“作品”的人格。

在一切故事里，罗黑芷君的作品，文字也仍多诗的缥缈的美。若抽去了作者的感慨气氛，作者能因生活转变而重新创作，得到了头脑的清明，以《客厅中之一夜》作检察，作者的风格是最与施蛰存君所长的处所相近，而可希望能因生活体念较深，产生更完全作品的。但人已于一九二七年死去，所以留下的作品，除了能给人一个机会，从这不纯粹的艺术中发现作者的人格外，作者的作品，在现代中国小说作品中，是容易使人遗忘的，即不然，也将因时代所带来的新趣味压下了。

论穆时英

一切作品皆应植根在“人事”上面。一切伟大作品皆必然贴近血肉人生。作品安排重在“与人相近”，运用文字重在“尽其德性”。一个能处置故事于人性谐调上且能尽文字德性的作者，作品容易具普遍性与永久性，那是很明显的。略举一例：鲁迅、冰心、叶绍钧、废名，一部分作品即可作证。能尽文字德性的作者，必懂文字，理会文字；因之不过分吝啬文字，也不过分挥霍文字。“用得其当”，实为作者所共守的金言。吾人对于这种知识，别名“技巧”。技巧必有所附丽，方成艺术；偏重技巧，难免空洞。技巧逾量，自然转入邪僻：骈体与八股文，近于空洞文字。废名后期作品，穆时英大部分作品，近于邪僻文字。虽一则属隐士风，极端吝啬文字，邻于玄虚；一则属都市趣味，无节制的浪费文字。两相比较，大有差别，若言邪僻，则二而一。前一作者得失当另论。后者所长在创新句，新腔，新境，短处在做作，时时见出装模作样的做作。作品于人生隔一层。在凑巧中间或能发现一个短篇速写，味道很新，很美，多数作品却如博览会的临时牌楼，照相馆的布幕，冥器店的纸扎人马车船。一眼望去，也许觉得这些东西比真的还热闹，还华美，但过细检查一下，便知道原来全是假的，东西完全不结实，不牢靠。铺叙越广字数越多的作品，也更容易见出它的空洞，它的浮薄。

读过穆时英先生的近作，“假艺术”是什么？从那作品上便发生“仿佛如此”的感觉。作者是聪明人，虽组织故事综合故事的能力，不甚高明，惟平面描绘有本领，文字排比从《圣经》取法，轻柔而富于弹性，在一枝一节上，是懂得艺术中所谓技巧的。作者不只努力制造文字，还想制造人事，因此作品近于传奇（作品以都市男女为主题，可说是海上传奇）。作者适宜于写画报上作品，写装饰杂志作品，写妇女电影游戏刊物作品。“都市”成就了作者，同时也就限制了作者。企图作者那支笔去接触这个大千世界，掠取光与色，刻画骨与肉，已无希望可言。

作者最近在良友公司出版一本短篇小说，名《圣处女的感情》，这些作品若登载上述各刊物里，前有明星照片，后有“恋爱秘密”译文，中有插图，可说是目前那些刊物中标准优秀作品。可惜一印成书，缺少那个环境，读者便无福分享受作者所创造的空气了。

《圣处女的感情》包含九个创作小说，或写教堂贞女（如《圣处女的感情》），或写国际间谍（如《某夫人》），或写舞女，或写超人，或写书生经营商业（如《烟》），或写文士命运，或写少女多角恋爱，这个不成，那个不妥。或写女匪如何与警卒大战，机关枪乱打一气，到后方一同被捉。《圣处女的感情》写得还好（似有人讨论过这文章来源发生问题）。《某夫人》如侦探小说，变动快，文字分量分配剪裁皆极得法。《贫士日记》则杂凑而成，要不得。《五月》特具穆时英风，铺排不俗。还有一篇《红色女猎神》，前半与其本人其他作品相差不多，男女凑巧相遇，各自说出一点漂亮话，到后却乱打一场，直从电影故事取材，场面好像惊人，情形却十分可笑。

作者所涉笔的人事虽极广，作者对“人生”所具有的知识极窄。对于所谓都市男女的爱憎，了解得也并不怎么深。对于恋爱，在各种形式下的恋爱，无理解力，无描写力。作者所长，是能使用那么一套轻飘飘的浮而不实文字任兴涂抹。在《五月》一文某节里，作者那么写着：

他是鸟里的鸽子，兽里的兔子，家具里的矮坐凳，食物里的嫩烩鸡……

这是作者所描写的另一个男子，同时也就正可移来转赞作者。作者是先把自己作品当作玩物，当作小吃，然后给人那么一种不端庄、不严肃的印象的。

统观作者前后作品，便可知作者的笔实停滞在原有地位上，几年来并不稍稍进步。因年来电影杂志同画报成为作者作品的尾闾，作者的作品，自然还有向主顾定货出货的趋势。照这样下去，作者的将来发展，宜于善用所长，从事电影工作，若机缘不坏，可希望成一极有成就的导演。至于文学方面，若文学永远同电影相差一间，作者即或再努力下去，也似乎不会产生何种惊人好成绩了。

论闻一多的《死水》

以清明的眼，对一切人生景物凝眸，不为爱欲所眩目，不为污秽所恶心，同时，也不为尘俗卑猥的一片生活厌烦而有所逃遁；永远是那么看，那么透明的看，细小处，幽僻处，在诗人的眼中，皆闪耀一种光明。作品上，以一个“老成懂事”的风度，为人所注意，是闻一多先生的《死水》。

读《死水》容易保留到的印象，是这诗集为一本理知的静观的诗。在作品中那种安详同世故处，是常常恼怒到年青人的。因为年青人在诗的德性上，有下面意义的承认：

诗是歌颂自然与人生的，
诗是诅咒自然与人生的，
诗是悦耳的柔和的东西，
诗是热烈的奔放的东西，

诗须有情感，表现的方法须带一点儿天真，

…………

这样或那样，使诗必须成立于一个概念上，是“单纯”与“胡涂”。那是为什么？因为是“诗气带着惊讶，恐怖，愤怒，欢悦，任情的歌唱，或矜慎的小心的低诉，才成为一般所认可的诗。纤细的敏感的神经，从小小人事上，作小小的接触，于是微带夸张，或微带忧郁，写成诗歌，这样诗歌才是合乎一九二〇年来中国读者的心情的诗歌。使生活的懑怨与忧郁气分，来注入诗歌中，则读者更易于理解，同情。因为从一九二三年到今日为止，手持新诗有所体会的年青人，为了政治的同习惯的这一首生活的长诗，使人人都那么忧愁，那么忧愁！

社会的与生理的骚扰，年青人，全是不安定，全是纠纷，所要的诗歌，有两种，一则以力叫号作直觉的否认，一则以热情为女人而赞美。郭沫若，在胡适之时代过后，以更豪放的声音，唱出力的英雄的调子，因此郭沫若诗以非常速力，占领过国内青年的心上的空间。徐志摩，则以另一意义，支配到若干青年男女的多感的心，每日有若干年青人为那些热情的句子使心跳跃，使血奔窜。

在这样情形下，有两本最好的诗，朱湘《草莽集》，同闻一多的《死水》。两本诗皆稍稍离开了那时代所定下的条件，以另一态度出现，皆以非常寂寞的样子产生，存在。《草莽集》在中国抒情诗上的成就，形式与内容，实较之郭沫若纯粹极多。全部调子建立于平静上面，整个的平静，在平静中观照一切，用旧词中属于平静的情绪中所产生的柔软的调子，写成他自己的诗歌。明丽而不纤细，《草莽集》的价值，是不至于因目前的寂寞而消失的。《死水》一集，在文字和组织上所达到的纯粹处，那摆脱《草莽集》为词所支配的气息，而另外重新为中国建立一种新诗完整风格的成就处，实较之国内任何诗人皆多。《死水》不是“热闹”的诗，那是当然的，过去不能使读者的心动摇，未来也将这样存在。然而这是近年来一本标准诗歌！在体裁方面，在文字方面，《死水》的影响，不是读者，当是作者。由于《死水》风格所暗示，现代国内作者向那风格努力的，已经很多了。在将来，某一时节，诗歌的兴味，有所转向，使读者，以诗为“人生与自然的另一解释”文字，使诗效率在“给读者学成安详的领会人生”，使诗的真价在“由于诗所启示于人的智慧与性灵”，则《死水》当成为一本更不能使人忘记的诗！

作者是画家，使《死水》集中具备刚劲的朴素线条的美丽。同样在画中，必需的色的错综的美，《死水》诗中也不缺少。作者是用一个画家的观察，去注意一切事物的外表，又用一个画家的手腕，在那些俨然具不同颜色的文字上，使诗的生命充溢的。

如《荒村》，可以代表作者使一幅画成就在诗上，如何涂抹他的颜色的本领。如《天安门》，在那些言语上如何着色，也可看出。与《天安门》相似那首《飞毛腿》，与《荒村》相近那首《洗衣歌》，皆以一个为人所不注意的题材，因作者的文字的染色，使那诗非常动人的。

他们都上那里去了？怎么
虾蟆蹲在甑上，水瓢里开白莲，
桌椅板凳在田里堰里飘着；
蜘蛛的绳桥从东屋往西屋牵？
门框里嵌棺材，窗棂里镶石块！
这景象是多么古怪多么惨！
镰刀让它锈着快锈成了泥，
抛着整个的鱼网在灰堆里烂。
天呀！这样的村庄都留不住他们！
玫瑰开不完，荷叶长成了伞；

秧针这样尖，湖水这样绿，

天这样青，鸟声像露珠这样圆。

…………

这样一个桃源，瞧不见人烟！

这里所引的是《荒村》诗中一节。另外，以同样方法，画出诗人自己的心情，为百样声音百样光色所搅扰，略略与全集调子不同的，是《心跳》。代表作者在节奏和谐方面与朱湘诗有相似处，是一首名为《也许》的诗：

也许你真是哭得太累，

也许，也许你要睡一睡，

那么叫苍鹭不要咳嗽，

蛙不要号，蝙蝠不要飞。

不许阳光攒你的眼帘，

不许清风刷上你的眉，

…………

也许你听着蚯蚓翻泥，

听那细草的根儿吸水，

…………

我就让你睡，我让你睡，

我把黄土轻轻盖着你，

我叫纸钱儿缓缓的飞。

在《收回》，在《你指着太阳起誓》，这一类诗中，以诗为爱情二字加以诠解，《死水》中诗与徐志摩《翡冷翠的一夜》及其他诗歌，全是那么相同又那么差异。在这方面作者的长处，却正是一般人所不同意处。因为作者在诗上那种冷静的注意，使诗中情感也消灭到组织中，一般情诗所不能缺少的一点轻狂，一点荡，都无从存在了。

作者所长是想象驰骋于一切事物上，由各样不相关的事物，以韵作为联结的绳索，使诗成为发光的锦绮。于情诗，对于爱，是与“志摩的诗”所下解释完全不同，所显示完全的一面也有所不同了的。

作者的诗无热情，但也不缺少那由两性纠纷所引起的抑郁。不过这抑郁，由作者诗中所表现时，是仍然能保持到那冷静而少动摇的恍惚的情形的。但离去爱欲这件事，使诗方向转到为信仰而歌唱时，如《祈祷》等篇，作者的热是无可与及的。

作者是提倡格律的一个人。一篇诗，成就于精炼的修辞上，是作者的主张。如在《死水》上，作者想象与组织的能力，非常容易见到：

> 让死水酵成一沟绿酒，
> 飘满了珍珠似的白沫；
> 小珠笑一声变成大珠，
> 又被偷酒的花蚊咬破。

一首诗，告我们不是一个故事，一点感想，应当是一片霞，一园花，有各样的颜色与姿态，具各样香味，作各种变化，是那么细碎又是那么整个的美，欣赏它，使我们从那手段安排超人力的完全中低首，为那超拔技巧而倾心，为那由于诗人做作手艺熟练而赞叹，《死水》中的每一首诗，是都不缺少那技术的完全高点的。

但因这完全，作者的诗所表现虽常常是平常生活的一面，如《天安门》等，然而给读者印象却极陌生了。使诗在纯艺术上提高，所有组织常常成为奢侈的努力，与读者平常鉴赏能力远离，这样的诗除《死水》外，还有孙大雨的诗歌。

论朱湘的诗

使诗的风度，显着平湖的微波那种小小的皱纹，然而却因这微皱，更见出寂静，是朱湘的诗歌。

能以清明的无邪的眼，观察一切，无渣滓的心，领会一切——大千世界的光色，皆以悦目的调子，为诗人所接受；各样的音籁，皆以悦耳的调子，为诗人所接受。作者的诗，代表了中国十年来诗歌的一个方向，是自然诗人用农民感情从容歌咏而成的从容方向。爱，流血，皆无冲突，皆在那名词下看到和谐同美，因此作者的诗，是以同这一时代要求取分离样子，独自存在的。

徐志摩、邵洵美两人诗中那种为官能的爱欲而眩目，作出对生存的热诚赞颂，朱湘是不曾那么写他的诗的。胡适最先使诗成为口号的形式而存在，郭沫若复而更夸张的使诗在那意义上发展，朱湘也不照到那样子作诗的。处处不忘却一个诗人的人生观的独见，从不疏忽了在“描写”以外的“解释”，冰心在她的小诗上，闻一多在他的作品上，全不缺少的气分，从朱湘的《草莽集》诗中加以检察，也找寻不出。

作者第一个小集名《夏天》，在一九二二年印行时，有下面一点小小序引：

> 朱湘优游的生活既终，奋斗的生活开始，乃检两年半来所作的诗，选之，可存半数得二十六首，印一小册子，命名《夏天》，取青春已过，入了成人期的意思。我的诗，你们去吧！站得住自然的风雨，你们就存在；站不住，死了也罢。

所谓代表这个诗人第一期的诗歌，在时代的风雨阴晴里，是诚如作者所意识到，成为与同一时代其他若干作品一样，到近来，已渐次为人忘怀了的。俞平伯，朱自清，与这集子同一时代同一风格的诗歌，皆代表了一个文学新倾向的努力，从作品中，可得到的，只是那为摆脱旧时代诗所有一切外形内容努力的一种形式，那结果，除了对新的散文留下一种新姿态外，对于较后的诗歌却无多大影响的。

使诗的要求，是朴实的描写，单纯的想，天真的唱，为第一期中国新诗所能开拓的土境，这时代朱湘的诗，并无气力完全超跃这一个幼稚时代的因习。如《迟耕》：

蓑衣斗篷放在田坎上，
——柳花飞了！
“牛，乖乖的让我安上犁，
你好吃肥肥的稻秸。”

这一类诗歌的成就，正如一般当时的诗歌的成就，只在“天真与纤细”意义上存在的。但如《小河》，却已显出了作者那处置文字从容的手段了。

白云是我的家乡，
松盖是我的房檐，
父母，在地下，我与兄弟
并流入辽远的平原。

我流过宽白的沙滩，
过竹桥有肩锄的农人；
我流过俯岩的面下，

他听我弹幽涧的石琴。

有时我流的很慢，
那时我明镜不殊，
轻舟是桃色的游云，
舟子是披蓑的小鱼；

有时我流的很快，
那时我高兴的低歌，
人听到我走珠的吟声，
人看见我起伏的胸波。

烈日下我不怕燥热，
我头上是柳阴的青帷；
旷野里我不愁寂寞，
我耳边是黄莺的歌吹。

我掀开雾织的白被，
我披起红縠的衣裳，
有时过一息清风，

纱衣玳帘般闪光。

我有时梦里上天，
伴着月姊的寂寥；
伊有水晶般素心，
吸我沸腾的爱潮。

…………

我流过四季，累了，
我的好友们又已凋残，
慈爱的地母怜我，
伊怀里我拥白絮安眠。

然而这诗，与在同一时代同一题材下周作人所写的《小河》，意义却完全不同的。周诗是一首朴素的诗。一条小河的存在，象征一个生活的斗争，由忧郁转到光明，使光明由力的抗议中产生。使诗包含一个反抗的意识，《小河》所以在当时很为人所称道。朱湘的《小河》却完全不同，诗由散文写来，交织着韵的美丽，但为当时习气所拘束，却不免用了若干纤细比拟，“月姊”“草妹”，使这诗无从脱去那第一期新诗的软弱。欲求“亲切”，不免“细碎”，作者在《草莽集》里，这缺点，是依然还存在的。

但在《夏天》里，如《寄思潜》一长诗，已显出作者的诗是当时所谓有才情的诗，与闻一多之长诗咏李白一篇，可以代表一个诗的新型。又如《早晨》，那种单纯的素描，也可以说是好诗的。

> 早晨：
> 黄金路上的丈长人影。

又如《我的心》：

> 我的心是一只酒杯，
> 快乐的美酒稀见于杯中；
> 那么斟吧，悲哀的苦茗，
> 有你时终胜于虚空！

则为作者所有作品中表现寂寞表现生活意识的一首诗。这寂寞，这飘上心头留在纸上的人生淡淡的哀戚，在《夏天》集里尚不缺少，在《草莽集》里却不能发现了的。

《草莽集》出版于一九二七年，这集子不幸得很，在当时，使人注意处，尚不及焦菊隐的《夜哭》同于赓虞《晨曦之前》。《草莽集》才能代表作者在新诗一方面的成就，于外形的完整与音调的柔和上，达到一个为一般诗人所不及的高点。诗的最高努力，若果是不能完全疏忽了那形式同音节，则朱湘在《草莽集》各诗上，所有的试验，是已经得到了非常成功的。

若说郭沫若某一部分的诗歌，保留的是中国旧诗空泛的夸张与豪放，则朱湘的诗，保留的是“中国旧词韵律节奏的魂灵”。破坏了词的固定组织，却并不完全放弃那组织的美，所以《草莽集》中的诗，读及时皆以柔和的调子入耳，无炫奇处，无生涩处。如《葬我》：

葬我在荷花池内，
耳边有水蚓拖声，
在绿荷叶的灯上
萤火虫时暗时明——

葬我在马缨花下，

永作着芬芳的梦——

葬我在泰山之巅，

风声呜咽过孤松——

不然，就烧我成灰，

投入泛滥的春江，

与落花一同漂去

无人知道的地方。

那种平静的愿望，诉之于平静的调子中，是在同时作者如徐志摩、闻一多作品中所缺少的。又如《摇篮歌》：

春天的花香真正醉人，

一阵阵温风拂上人身，

你瞧日光它移得多慢，

你听蜜蜂在窗子外哼：

　　睡呀，宝宝，

　蜜蜂飞得真轻。

天上瞧不见一颗星星，

地上瞧不见一盏红灯；
什么声音也都听不到，
只有蚯蚓在天井里吟：
　　睡呀，宝宝，
　蚯蚓都停了声。

一片片白云天空上行，
像是些小船飘过湖心，
一刻儿起，一刻儿又沉，
摇着船舱里安卧的人；
　　睡呀，宝宝，
　你去跟那些云。

不怕它北风树枝上鸣，
放下窗子来关起房门；
不怕它结冰十分寒冷，
炭火烧在那白铜的盆；
　　睡呀，宝宝，
　挨着炭火的温。

使一首诗歌，外形内容那么柔和温暖，却缺少忧郁，作者这诗的成就，是超于一切作品以上，也同时是本集中最完全的。还有《采莲曲》，在同一风格下，于分行，用韵，使节奏清缓，皆非常美丽悦耳。如：

小船呀轻飘，
杨柳呀风里颠摇；
荷叶呀翠盖，
荷花呀人样娇娆。
日落，
微波，
金丝闪动过小河。
左行，
右撑，
莲舟上扬起歌声。
…………
溪间，
采莲，
水珠滑走过荷钱。
拍紧，

拍轻，

桨声应答着歌声。

…………

溪中，

采莲，

耳鬓边晕着微红。

风定，

风生，

风飏荡漾着歌声。

…………

花芳，

衣香，

消溶入一片苍茫，

时静，

时闻，

虚空里袅着歌音。

以一个东方民族的感情，对自然所感到的音乐与图画意味，由文字结合，成为一首诗，这文字，也是采取自己一个民族文学中所遗留的文字，用东方的声音，唱东方的歌曲，使诗歌从歌曲意义中显出完美，《采莲曲》在中国新诗的发展上，也是非常有意义的。作者是主张诗可以诵读的人，正如同时代作者闻一多、徐志摩、刘梦苇、饶孟侃一样，在当时，便是预备把《采莲曲》在一个集会中，由作者读唱，做一个勇敢的试验的。在闻一多的《死水》集里，有可读的诗歌，在徐志摩的《志摩的诗》集里，也有可读的诗歌，但两人的诗是完全与朱湘作品不同的。在音乐方面的成就，在保留到中国诗与词值得保留的纯粹，而加以新的排比，使新诗与旧诗在某一意义上，成为一种“渐变”的联续，而这形式却不失其为新世纪诗歌的典型，朱湘的诗可以说是一本不会使时代遗忘的诗的。

作者所习惯的，是中国韵文所有的辞藻的处置。在诗中，支配文言文所有优美的，具弹性的，具女性的复词，由于朱湘的试验，皆见出死去了的辞藻，有一种机会复活于国语文学的诗歌中。这尸骸的复活，是必然的，却仍是由于作者一种较高手段选择而来的。中国新诗作者中，沈尹默、刘复、刘大白皆对旧诗有最好学力，对新诗又尽过力作新的方向拥护的，然而从《邮吻》作者的各样作品中去看看，却只见到《邮吻》作者摆脱旧辞藻的努力，使新诗以一个无辞藻为外衣的单纯形式而存在，从刘复的《扬鞭集》去看看，这结果也完全相同。这完全弃去死文字的勇敢处，多为由于五四运动对诗要求的一种条件所拘束，朱湘的诗稍稍离开这拘束，承受了词曲的文字，也同时还承受了词曲的风格，写成他的《草莽集》。但那不受五四文学运动的拘束，却因为作者为时稍晚的原因。同样不为那要求所拘束与限制，在南方如郭沫若，便以更雄强的夸张声势而出现了。

在《草莽集》上，如《猫诰》，以一个猫为题材，却作历史的人生的嘲讽，如《月游》，以一个童话的感兴，在那诗上作一种恣纵的描画，如《王娇》，在传奇故事的题材上，用一支清秀明朗的笔，写成美丽的故事诗，成就全都不坏。其中《王娇》那种写述的方法，那种使诗在“弹词”与“曲”的大众的风格上发展，采用的也全是那稍古旧的一时代所习惯的文字，这个试验是尤其需要勇敢与才情的。

不过在这本诗上，那些值得提及的成就，却使作者同时便陷到一个失败的情形里去了。作者运用词藻与典故，作者的诗，成为“工稳美丽”的诗，缺少一种由于忧郁、病弱、颓废而形成的犷悍兴奋气息，与时代所要求异途，诗所完成的高点，却只在“形式的完整”，以及“文字的典则”两件事上了。离去焦躁，离去情欲，离去微带夸张的眩目光彩，在创作方面，叶圣陶先生，近年来所有的创作，皆在时代的估价下显然很寂寞的，朱湘的诗，也以同一意义而寂寞下去了。

作者在生活一方面，所显出的焦躁，是中国诗人中所没有的焦躁，然而由诗歌认识这人，却平静到使人吃惊。把生活欲望、冲突的意识置于作品中，由作品显示一个人的灵魂的苦闷与纠纷，是中国十年来文学其所以为青年热烈欢迎的理由。只要作者所表现的是自己那一面，总可以得到若干青年读者最衷心的接受。创作者中如郁达夫、丁玲，诗人中如徐志摩、郭沫若，是在那自白的诚实上成立各样友谊的。在另外一些作者作品中，如继续海派刊物兴味方向而写作的若干作品，即或作品以一个非常平凡非常低级的风格与趣味而问世，也仍然可以不十分冷落的。但《草莽集》中却缺少那种灵魂与官能的烦恼，没有昏瞀，没有粗暴。生活使作者性情乖僻，却并不使诗人在作品上显示纷乱。作者那种安详与细腻，因此使作者的诗，乃在一个带着古典与奢华而成就的地位上存在，去整个的文学兴味离远了。

在各个人家的窗口，各人所见到的天，多是灰色的忧郁的天，在各个年青人的耳朵边，各人所听到的声音，多是辱骂埋怨的声音。在各人的梦境里，你同我梦到的，总不外是……一些长年的内战，一个新世纪的展开，作者官能与灵魂所受的摧残，是并不完全同人异样的！友谊的崩溃，生活的威胁，人生的卑污与机巧，作者在同样灾难中领受了他那应得的一份。然而作者那灾难，却为“勤学”这件事所遮盖，作者并不完全与“人生”生疏，文学的热忱却使他天真了。一切人的梦境的建设，人生态度的决定，多由于物质的环境，诗人的梦，却在那超物质的生活各方面所有的美的组织里。他幻想到一切东方的静的美丽，倾心到那些光色声音上面，如在《草莽集》中《梦》一诗上，那么写着：

水样清的月光漏下苍松，
山寺内舒徐的敲着夜钟，
梦一般的泉声在远方动：
…………

从自然中沉静中得到一种生的喜悦，要求得是那么同一般要求不同，纯粹一个农民的感情，一个农民的观念，这是非常奇异的。作者在其他诗篇上，也并不完全缺少热情，然而即以用《热情》为题的一诗看来，作者为热情所下诠解，虽夸张却并不疏忽了和谐的美的要求。这热情，也成为东方诗人的热情，缺少“直感”的抒摅，而为“反省”的陶醉了。

诗歌的写作，所谓使新诗并不与旧诗分离，只较宽泛的用韵分行，只从商籁体或其他诗式上得到参考，却用纯粹的中国人感情，处置本国旧诗范围中的文字，写成他自己的诗歌，朱湘的诗的特点在此。他那成就，也因此只像是个“修正”旧诗，用一个新时代所有的感情，使中国的诗在他手中成为现在的诗。以同样态度而写作，在中国的现时，并无另一个人。

萧乾小说集题记

在都市住上十年，我还是个乡下人。第一件事，我就永远不习惯城里人所习惯的道德的愉快，伦理的愉快。

我崇拜朝气，欢喜自由，赞美胆量大的，精力强的。一个人行为或精神上有朝气，不在小利小害上打算计较，不拘拘于物质攫取与人世毁誉，他能硬起脊梁，笔直走他要走的道路，他所学的或同我所学的完全是两样东西，他的政治思想或与我的极其相反，他的宗教信仰或与我的十分冲突，那不碍事，我仍然觉得这是个朋友，这是个人。我爱这种人也尊敬这种人。因为这种人有气魄，有力量。这种人也许野一点，粗一点，但一切伟大事业伟大作品就只这类人有分。他不能避免失败，他失败了能再干。他容易跌倒，但在跌倒以后仍然即刻可以爬起。

至于怕事，偷懒，不结实，缺少相当偏见，凡事投机取巧媚世悦俗的人呢，我不习惯同这种人要好，他们给我的“同情”，还不如另一种人给我“反对”有用。这种“城里人”仿佛细腻，其实庸俗。仿佛和平，其实阴险。仿佛清高，其实鬼祟。这世界若永远不变个样子，自然是他们的世界。右倾革命的也罢，革右倾的命的也罢，一切世俗热闹皆有他们的分。就由于应世技巧的圆熟，他们的工作常常容易见好，也极容易成功。这种人在“作家”中就不少。老实说，我讨厌这种城里人。

曾经有人询问我：“你为什么要写作?”

我告他说：“因为我活到这世界里有所爱。美丽，清洁，智慧，以及对全人类幸福的幻影，皆永远觉得是一种德性，也因此永远使我对它崇拜和倾心。这点情绪同宗教情绪完全一样。这点情绪促我来写作，不断的写作，没有厌倦，只因为我将在各个作品各种形式里，表现我对于这个道德的努力。人事能够燃起我感情的太多了，我的写作就是颂扬一切与我同在的人类美丽与智慧。若每个作品还皆许可作者安置一点贪欲，我想到的是用我作品去拥抱世界，占有这一世纪所有青年的心。……生活或许使我平凡与堕落，我的感情还可以向高处跑去，生活或许使我孤单独立，我的作品将同许多人发生爱情同友谊……”

这是个乡下人的意见，同流行的观点自然是不相称的。

朋友萧乾弟一个短篇小说集子行将付印了，他要我在这个集子说几句话，他的每篇文章，第一个读者几乎全是我。他的文章我除了觉得很好，说不出别的意见。这意见我相信将与所有本书读者相同的。至于他的为人，他的创作态度呢，我认为只有一个“乡下人”，才能那么生气勃勃勇敢结实。我希望他永远是乡下人，不要相信天才，狂妄造作，急于自见。应当养成担负失败的忍耐，在忍耐中产生他更完全的作品。

一个边疆故事的讨论

萧兄：

得你来信，草原文章续编极希望能早日见到。××苗区文章也盼能拜读。

关于喇嘛庙中制度，绥蒙区大庙中会松弛散漫到这个样子，真想不到。庙规制度紧严或数西藏拉萨，曾闻一旅藏几十年康先生谈及。在游记文章中提到青海拉卜楞寺僧侣生活制度的，顾颉刚先生几年前曾写过一篇文章介绍，写得很好。涉及南中国藏族喇嘛庙僧侣生活制度的，李霖灿先生有一篇《中甸十记》，也极有意思。其余在报纸上发表的文章一定还多，可惜不常注意到。（想理解这个区域宗教信仰的形成和存在，情绪背景不能不多有一分注意！）关于康藏情歌，刘家驹先生辑译的若干首，多用天地鸟兽虫鱼花草自然状物和草原情爱并及，有“原诗”意味，拙质中多妩媚，富草原游牧气，奶酥气，我觉得很好。收集的分量并不怎么多，曾印行过，有朋友从云南维西木里带回，值得选一二节放在你那故事中，可增加草原游牧人抒情空气。

这个故事将来应重作安排处，似在字数分配上和景物添补上，都须给以谨慎注意。故事字数可扩大到六万。故事既大部分在一个草原孤立庙宇中，即用绥远“五当召”作范本，就要从各种情形下（四季和早晚）作些不同风景画描写加入，这种风景描写且得每一幅用一不大相同方法表现。还得记住要处处留心，将庙中单调沉闷宗教气氛和庙外景物鲜明对照，将僧侣拘板生活装束，和集会期中蒙藏女人大绛细黄衣袍、料珠银绣装饰于头上手上那分活泼生动对照。男子在“禁忌”与“期望”上挣扎游移，作错综发展。二十岁和四十岁和六十岁有个不同过程，要理解又能用文字说明。这个人如何由观念凝固转入狂态自虐，由痛苦中得快乐，也有个心理过程，要作用力而扼要叙述，方与全事相称。至于僧侣由小沙弥身分到作大德高僧，升级种种仪式即不能细述，最好要交代一笔，照规矩去拉萨留学，受训，拜佛。一面是智慧增长，一面是人情不断，方可收道高魔高相对峙映照印象。女的由病而疯时，仅写本人难见好，不如把本人放在外景中，好好布一场草原外景，用黄昏和清晨可画出两幅带音乐性景物画，牛羊归来和野花遍地，人在这个背景下发疯，才和青春期女性情绪凝结相切合（这也要占个二千五百字左右）。还要在全故事中点缀一些游牧外景和蒙古包中内景，比已写到的笔要细腻些，得写一二次吃喝，一回敬佛，这些描写都要放在疯后生活中。想从修整中见天然，还必需在整个故事里充分注入作者贴近土地的浓厚兴趣，如牲畜群聚散或生子描写，如内地商人和蒙人作交易描写，有些小景小人事穿插介入，故事即可在动中进行。一切似乎都永远在动，却有个由爱情而游离了的凝固灵魂，静静的独自反复唱歌，似乎不受时间影响，而凝固于原来观念上、时间上，悲剧性就强多了。（这是作乐曲的方法，许多音都在随同一组声音相互关系而发展，就中有个主要的声音却似乎停顿延续于另外一种方式上，形成矛盾对立而又谐和一致状态。）有关小小人事，比如说，蒙人与内地商人作生意，照规矩内地商人要故意装作不小心，让他们偷揣一二小物事到袖口袍中去，再来谈买卖，游牧人因占了点小便宜，心中过意不去，即不甚还价买了许多东西。内地商人狡诈的，更常常故意和他们要好，大家都喝醉后，这商人就装作十分慷慨，分一半商品给他们，他们有了醉意，却当真慷慨分一半牛羊给商人。这种“情感交易”也宜于插入。处处写他们拙重厚实而容易上当处，另外即见出一种伟大，亦即所谓加重草原气和奶酥气！这些事与本事进行若游离，实相关，因必需如此如彼方能增强本事效果也。这种广大而精细的处理，普通人写不到，是由于理解不够，思索不够，组织力也不够，故无可希望。许多人会以为如此努力用心，还不如另写一篇，照例即讨论到也倦于修补（这种写作态度即注定了他们作品的平凡命运）。其实你与其写十个平平常常故事，还不如用十倍精力来扩大重造这个故事。一个有分量的作品，在文学史上却常常比一大堆作品有意义，就全看作者态度和用心。

照我个人意见，一个作者大致能“狠心”一点，不怕头脑中血管破裂不怕神经失常，在一故事上想来想去，在一堆故事上更养成这个想来想去习惯，结果会慢慢的使头脑形成一种感觉，一种理解，发现一切优秀作品的必然性和共通性，从自己从他人作品中，从今人或古人作品中，从本国人或异族人作品中，都若可有会于心，即作品中可以见“道”。因为这些作品完整处将恰恰如一种思想系统。一个人生哲学家可能要用十万二十万字反复譬解方能说透的，一个作家却可用三五千字或三五万字把它装在一个故事过程中，且更容易取得普遍效果。这个安排是否有望，从作者言即在我说的是否“狠心”。要狠心到不怕中风不怕疯狂程度，不在作品篇幅数量上注意，不在作品问世时成败上注意，只注意到把故事从最高标准式样上完成，而有个永远不惜工本的专注，能够那么作下去，你即或写的是一个比这故事还要荒唐无稽的传奇，正如一个雕刻家用粗麻石雕一个海怪的狂态，以及一群毛毛虫或三匹蜗牛沿木而上自得其乐的神情，在表现上也将充满人性，而又分量沉重，诉诸人类感觉，得到完全成功。至于用较细致材料如铜木玉石来处理人事哀乐，自然就更容易着手容易见功了。

这么写作很显然对许多人都不习惯，还会自己嘲笑自己的。因为用心方式正和普通写新闻通讯完全相反。可是却不能不承认，在文学史上，留下许多有分量东西，大件的不用提，即小件如三五十字诗歌，篇章虽小却见得分量沉重而生命活跃，形成另外一种伟大意义的，即是那种头脑那种心情，那种对工作虔敬精一忘我的作者产生的东西！

这里当然也有一点困难，非人力可尽功的困难，即一个作者生命的发展并非抽象原则方法可以控制或决定。它的完成实由于各方面的凑合，并非单一的运用。它和“时间”有关，和“知识吸收排斥习惯”有关，和“生活”有关，和每一个人“体质”发展“情绪”发展更相关。就中有若干偶然的因子，形成极大的势能，想作有效控制并不容易。不仅每个人发展不能尽同，即同一人也不容易在两种日子中有个相同生命，能使手中一支笔作相似运用。一切都在流动变易中，包含外面存在和生命本体。从这个变易不定的世间中，想用文字或其他材料，从某种方式中完成一些东西，保留下一些虽变而不变，或在变易人生中一种过程，或在过程意义上依然留下些不变的憧憬（比如说，人性基本上的爱憎取舍，这一时代的爱憎取舍方式，在这方式上保留下的较高尚的憧憬）。从这个意义中，我们看出文学家或艺术家的伟大，也看出他们的天真。越过名词褒贬，还可看出它在人生中存在的庄严意义。因为唯有它能在宗教和政治以外，把在不同时间和空间生长的生命，以及生命不同的式样，发展不同趋赴相同的目的，作更有效的粘合与连接！由此认识出发，一个作家应当如何忠于其事去热诚工作，用不着任何理论来支持，来说明，他都必然猛勇而前……而真实的成就，又必然是寄托于更多执笔者的努力各自为战，不是少数人独霸独占，情形都很显明！用那么一种创作态度去写作，即如你写的这种故事，也就必然会充满了传奇性而又富于现实性，充满了地方色彩也有个人生命流注。这个混合在目前即缺少读者理解，到另外一代，还会由批评家发掘而出……

为另外一代，我们需要培养这种作家，也培养这种批评家。至于这一代，我们很可能是要各自分担时代悲剧所给的一分，官僚万能而哲学贫困。这种故事的写作，将看作毫无意义可言，也不出奇。为的是它什么宣传意味都缺少，作者努力用心，却只能说明一个生命向内燃烧的形式，事到末了，于是圆寂。决不会有人理解到由此消失的还能在另外一处生长。在彼存在的在另外一处依然存在。正因为近三十年来文学革命，新作品的写作，还多只停顿到“叙述”上止住，能叙述故事编排故事已为第一流高手，一切理论且支持了并叙述故事还无能力的作家，共同作成的标准和趣味都和“时代”完全相合，这时代就是决无一个人会相信：一种“抽象”比“具体”还更坚实，一个作品的存在比一个伟人的存在还永久。

作家间需要一种新运动

近几年来，如果什么人还有勇气和耐心，肯把大多数新出版的文学书籍和流行杂志翻翻看，就必然会得到一个特别印象，觉得大多数青年作家的文章，都“差不多”。文章内容差不多，所表现的观念也差不多。有时看完一册厚厚的刊物，好像毫无所得；有时看过五本书，竟似乎只看过一本书。凡事都缺少系统的中国，到这种非有独创性不能存在的文学作品上，恰恰见出个一元现象，实在不可理解。这个现象说得蕴藉一点，是作者大都关心“时代”，已走上了一条共通必由的大道。说得诚实一点，却是一般作者都不大长进，因为缺少独立识见，只知追逐时髦，所以在作品上把自己完全失去了。一个作品失去了自己的见解，自己的匠心，还成个什么东西？这问题，时代似乎方许作者思索！

提起“时代”，真是一言难尽。为了追逐这个名词，中国近十年来至少有三十万二十岁以内的青年腐烂在泥土里。这名词本来似乎十分空虚，然而却使青年人感到一种“顺我者生逆我者灭”的魔力。这个名词是作家制造出来的，一般作者仍被这个名词所迷惑，所恐吓。因这名词把文学作品一面看成商品的卑下，一面又看作经典的尊严；且以为能通俗即可得到经典的效果，把“为大众”一个观念囫囵吞枣咽下肚里后，结果便在一种莫明其妙矫揉造作情绪中，各自写出了一堆作品。这些作品陆续印行出来，对出版业虽增加了不少刺激，对读者却只培养了他们对新文学失望的反感。原因在此：记着“时代”，忘了“艺术”。作者既想作品坐收商品利益，又欲作品产生经典意义，并顾并存，当然不易。同时情感虚伪，识见粗窳，文字已平庸无奇，故事又毫不经心注意安排。间或自作聪明解脱，便与一种流行的谐趣风气相牵相混。作品“差不多”于是成为一种不可避免的命定。虽“时代”这个名词，在青年读者间，更发生一种特别作用，造成读者与新书密接的关系。但这个差不多现象，纵不至于引起读者的嫌恶，对于读者无多大的益处，看来却简单明白之至！许多作者留给我们的印象，竟像是在那里扮凶恶的屠户，演诙谐的丑角，对于所扮演的角色，对他十分生疏，极不相宜，勉强作来，只为的是赶逐风气。许多作者留给我们的印象，竟像是所有工作，并不曾在用脑子思想某一问题，不过是送脊髓在反应某种活动。这世界单凭一条脊髓就够他活一辈子的人，原来很多，毫不出奇。不过如果一个作家，生活都如此简单，说起来并不可笑，实在可怕！

想明白“差不多”的事实，我们不妨找寻一个近例来看看。大家都知道最近俄国死了一个高尔基。这个人生存时，中国据说就有一个人自称为高尔基专家，有无数高尔基崇拜者或爱好者。人一死，大家自然就忙起来了。这里出一个专号，那里印一个特刊，可是倘若有个好事者，试把各种纪念文章汇集起来看看，就会看出原来所有文章都差不多。从表面看是一致颂扬这个为人类奋斗的战士，对其死亡表示尊敬与伤悼。然而这“一致”处恰好也就说明所有作家对于这个死者的毁誉褒贬，来源差不多，全是转贩来的。大刊物作了第一次照抄工作，小刊物又来作第二手转贩。大家来装饰这个纪念的，不过是应景凑趣一场热闹罢了。此外，完事大吉。“中国人行为极幽默，却不大懂幽默。”从这件事看来，真是一言中的。

应景凑趣不特用在伤悼文字上已成习惯，其他许多问题论战，也无不如此。问题一来，你抄我抄，来个混战一场，俨然十分热闹，到后，无话可说，说来也差不多，不能不结束了，就算告了段落。应景凑趣既然成为一种普遍风气，所以不特理论文章，常令人发生“差不多”的感想，连小品文，新诗，创作小说，也给人一个同样印象。单就小说看，取材不外农村贫困，小官僚嘲讽，青年恋爱的小悲剧。作者一种油滑而不落实的情趣，简单异常的人生观，全部明朗朗反映在作品里。故事老是固定一套，且显出一种特色，便是一贯的流注在作家观念中那一种可怕的愚昧。对人事拙于体会，对文字缺少理解。虽在那里写作，对于一个文学作品如何写来方能在读者间发生效果，竟似乎毫不注意，毫不明白。所有工作即或号称是在那里颂扬光明的理想，诅咒丑恶的现实，悲惨的事，便是不知道那个作品本身，就是一种具体的丑恶的现实。作家缺少一个清明合用的脑子，又缺少一支能够自由运用的笔，结果自然是作品一堆，意义毫无，锅中煮粥，同归糜烂罢了。

这种引导作者向下坡路走去的风气，追究起来，另外自然还有个历史的可悲原因。中国是个三千年来的帝国，历来是一人在上，万民匍匐。历史负荷太久，每个国民血液中自然都潜伏一种奴隶因子。沿例照样成为国民共通的德性，因为秉赋这种德性方能生存。老子向吾人讴歌这种德性，孔子为帝王训练这种德性。到末世则文章有八股，诗有试帖诗，字有馆阁体。（数百年一成不变！）每人来到社会上讨生活，第一件事就是模仿，能够“差不多”就可衣食无缺。社会既不奖励思索，个人就不惯独自思索。多数人总是永远浑浑噩噩，至于老死，少数人不能浑浑噩噩，必有机会向上成为中间统治者，虽无迷信，明知是非，然而为生儿育女事牵牵绊绊，自然还是除了解释道德经训，帮同制造迷信愚蒙下民以外，无可作为。辛亥来了一个政治革命，五四又来了个思想文学革命，加上以后的北伐清党……一篇历史陈账，革来革去，死的烂了，活的变了，一切似乎都不同了。可是潜伏到这个老大民族血里的余毒，却实在无法去尽。文学方面“差不多”的现象，这种毒素就负一半责任。三五个因历史关系先走一步的老作家，日月交替，几年来有形无形都成了领袖和权威，或因年老力衰，气量窄小，或因能力有限，又复不甘自弃，或更别具见解，认文运同政治似二实一，这些人的情绪和行为，自然都支持着那个凡事照样的民族弱点。后来者或急于自见，贪图速成，或毫无定向，随声附和，或根本无意从事文学，惟本人明世故，工揣摩，看清楚这方面是一条转入仕途的终南捷径，这些人自然又扩大那个民族弱点。作家创作观念，便被笼罩在一种差不多的空气里。凡稍有冒险精神，想独辟蹊径走去的，就极容易被看作异类，凡写作文字特具风格，与众不同，又不免成为乖僻。（异类乖僻，一加转译，即成落伍。）在这种情形中，身为教书匠之流，还可抱残守阙，孤单寂寞遣送他那个度越流俗的生涯。至于一般从事文学创作者，大多数把工作同生活都打成一片，不可分开。除写作无以为生，不追逐时代虽写作也无以为生。自甘落伍，则精神物质，两受其害，生活无法支持。因此一来，作品当然便从“差不多”一条路上走去了。“差不多”的现象也就俨然是一个无可避免命定的结局。

这“差不多”的局面若不幸而延长十年八年，社会经过某种变动后，还会变本加厉，一切文学新作品，全都会变成一种新式八股，号称为佳作杰作的作品，必内容外形都和当前某种标准或模范作品相差不多。所谓标准作品，模范作品，自然就是那时领袖编辑同有势力的书店老板写的那类作品。

幸而另外还有一些人，看出这个差不多的可怕情形了，明白这种情形对于三五领袖一二老板是个值得赞颂万世统一的基础，但对于大多数青年作家，却似乎太凄惨太不人道了，这些人对于这点认识得既比较深刻，说高尚一点，从文化着想；说卑陋一点，从商业着想，都以为当前趋势得有个调剂，有个补救。出版业若不愿与习气同归于尽，还希望多作出一分贡献，扩大或延长它的组织，一面需要有眼光印书捞钱，同时一面也就得有胆量印书赔钱，就基于这点认识，因此年来我们才居然在一堆“差不多”的新书中，有机会看到几种值得读后再读的新书，在一些篇幅巨大的文学月刊中，间或又还可发现两篇值得看后还留下一点印象的短文。在文学论著中有一本《福楼拜评传》，一本《文艺心理学》，散文作家中出了个何其芳，小说作家中发现一个芦焚，戏剧作家中多了一个曹禺，游记作家中且有一个更值得人特别注意的长江（虽然这个人的通讯文章，无人当他作文学作品，但比起许多载道派言志派的作品，都好得多）。这些人的作品，当前的命运比较起来都显得异常寂寞。作者在他作品上疏解自己的思想和感情，以及所表现或记录对人生的观照，用的是一种如何谨严缜密态度，一般粗心读者实在难于理会。它们单是在文学方面的成就，也还没有得到应得的尊重，它们的影响，似乎竟不如许多虚伪空疏作品来得大，它们目前虽存在，好像并不存在。

幸而又还有一个刘西渭先生，几乎像凭空掉下，一支带着感情的笔，常在手中挥来使去，这里写一篇书评，那里写一篇书评，俨然时时刻刻都在向读者指东话西粗声大气的呼喊：“先生们（蠢东西），睁开眼睛，看这个，看那个，细心的看，有道理呀！放下你那个流俗的成见，会看出道理来……”自己老以为这时代人大多数是聋子，是瞎子，是势利鬼，是应声虫，需要一个光脊梁作战的典韦，不避箭矢，自充好汉，来同习惯作战，尽力显扬幽隐，宏奖乖僻，领导读者爬高山，瞻远景。凭着这种迷恋于中世纪的游侠者精神，到处玩着刺风磨的举动，虽弄得这个人满头是汗，还不休息。书评写到无可再写时，掉过头来，居然尚兴致勃勃的向出版者和编辑先生说：“您这事作得对，物质失败，精神胜利。别担心您那个闲书会老赔钱，赔钱也尽管干！时间会带走那些流行偏见和愚行，消灭了您出版那些走红运捞大钱的新作品，至于那些孤单的著作，从印刷所搬来，如今尚搁在书库里原封不动的东西，终会给您挣一个大面子，终会不朽，永远留存的！我刘西渭为什么存在？就为的是宣扬真理下来阐明这些作品真实价值而存在！”刘西渭先生的事业，自然应当放在“差不多”的一群以外。什么时候“挣面子”，能不能“不朽”，有天知道。

刊物编辑和书店主持人，虽渐渐明白了印赔钱书刊载不谐俗文章是必需作的事，可是却并无能力使这些作品增多。刘西渭虽俨然为保护这些作品而存在，可是也似乎无能力使这些作品增多。读者呢，好像有一小部分人虽聪明了一点、世故了一点，已明白从一堆“差不多”的作品中找寻杰作，不易发现，然而那个有势力的名词，在心目中却依然极有势力，害羞落伍，不好意思看那些“闲书”。大家知道了一个刘西渭，只老想弄明白这是谁，却不大有兴味注意这个刘西渭直干些什么事，说些什么话。

唯一的希望是在作者本身。作者需要有一种觉悟，明白如果希望作品成为经典，就不宜将它媚悦流俗，一切伟大作品都有它的特点或个性，努力来创造这个特点或个性，是作者责任和权利。作者为了追求作品的壮大和深入，得自甘寂寞，略与流行观念离远，不亟亟于自见。作者得把作品“差不多”看成一种羞辱，把作品“差不多”看成一种失败。如此十年，一切或者会不同一点点！

近几年来在作家间所进行的运动很不少，大众语运动，手头字运动，幽默文学，报告文学，集团创作……每种运动都好像只是热闹一场完事。我却希望有些作家，来一个“反差不多运动”。针对本身弱点，好好的各自反省一番，振作自己，改造自己，去庸俗，去虚伪，去人云亦云，去矫揉造作，更重要的是去“差不多”！这样子来写出一些面目各异的作品。倘若一个文学作品还许可我们对它保留一点奢望，以为它会成为多数人的经典，可能成为多数新人的一种经典，似乎也只有经过这样子反省来从事写作的作家，可能够完成这种经典。这“反差不多”的运动，在刊物上杂志上热闹是不必需的事，却应当在作家间成为一个创作的基本信条。

关于看不懂

适之先生：

《独立评论》（二三八期）载了一篇絜如先生的通信，讨论到一个问题，以为近年来“不幸得很，竟有一部分所谓作家，走入魔道，故意作出那种只有极少数人，也许竟没有人，能懂的诗与小品文”。从那个通信，还可知道絜如先生是一个中学国文教员，已然教了七年书。他的经验，他的职务，都证明他说那些话是很诚实很有理由的。但就他所抄摘的几段引例，第一是卞之琳先生的诗，第二是何其芳先生的散文，第三是无名氏大作。卞之琳的诗写得深一点，用字有时又过于简单，也就晦一点，不特絜如先生不懂，此外或许还有人不大懂。至如何其芳的散文，实在说不上难懂。何先生可说是近年来中国写抒情散文的高手，在北大新作家群中，被人认为成绩极好的一位（其散文集《画梦录》，最近且得到《大公报》文艺奖金)。但絮如先生看了他的文章，却说简直不知道作者说的是什么。同时您的按语，也以为写这种散文，是“应该哀怜”的，而且以为“其所以如此写些叫人看不懂的诗文的人，都只是因为表现能力太差，他们根本就没有叫人看得懂的本领了”。我觉得有些意见，与你们稍稍不同，值得写出来和关心这件事情的人谈谈。

一、为什么一篇文章有些人看得懂，有些人却看不懂?

二、为什么有些人写出文章来使人看不懂?

三、为什么却有这种专写些使人看不懂的文章的人?

四、这种作家与作品的存在对新文学运动有何意义?是好还是坏?

我想先就这四点来作一个散文走入魔道的义务辩护人，先说几句话。

其一，文学革命初期写作的口号是“明白易懂”。文章好坏的标准，因之也就有一部分人把他建立在易懂不易懂的上头。这主张是您提出的，意思自然很好。譬如作一篇论文，与其仿骈文，仿八股文，空泛无当，废话一堆，倒不如明明白白写出来好些。不过支持或相信这个主张的人，有两件事似乎疏忽了。一、文学革命同社会上别的革命一样
论当初理想如何健全，它在一个较长时间中，受外来影响

事实影响，它会“变”。（且会稍稍回头，这回头就是您谈中国西化问题时所说的惰性。适宜于本来习惯的惰性。）因为变，“明白易懂”的理论，到某一时就限制不住作家。二、当初文学革命作家写作有个共同意识，是写自己“所见到的”，二十年后作家一部分却在创作自由条件下，写自己“所感到的”。若一个人保守着原有观念，自然会觉得新来的越来越难懂，作品多“晦涩”，甚至于“不通”。正如承受这个变，以为每个人有用文字描写自己感觉的权利来写作的人，也间或要嘲笑到“明白易懂”为“平凡”。作者既如此，读者也有两种人，一是欢喜明白易懂的，一是欢喜写得较有曲折的。这大约就是为什么一篇文章有些人看不懂，有些人又看得懂的原因。

其次，有些人写文章看不懂，您的意思以为是这些人无使人明白的表现能力。据我意见，您只说中一半。对于某种莫明其妙的摹仿者，这话说得极有道理。但用它来评当前几个散文作家的作品，和事实似乎稍稍不合。事实上当前能写出有风格作品的，与其说是“缺少表现能力”，不如说是“有他自己表现的方法”。他们不是对文字的“疏忽”，实在是对文字“过于注意”。凡过分希望有他自己的作者，文章写来自然是不大容易在短时期为多数人全懂。（除非他有本领用他的新风格征服读者，他决不会与多数读者一致。）不特较上年纪的读者不懂，便是年事极轻的人也会不懂。不过前者不懂（如絮如先生），只担心文学的堕落，后者不懂（如一般学生），却摹仿得一塌胡涂罢了。

其三，这可分两方面来说。一是就作者说，他认定一切站得住的作品都必需有它的特点，这特点在故事上固然可以去努力，在文字修整排列上也值得努力。一是就读者说，读者不懂不一定是多数，只是受一个成见拘束的一部分。既有读者，作者当然就会多起来了。

其四，由第一点看去，中国新文学即或不能说是在“进步”，至少我们得承认他是在“变动”。目的思想许可它变，文体更无从制止它不变。就它的变看去，即或不能代表成就已经“大”，然而却可说它范围渐渐“宽”。它固然使中学生乐于摹仿，有不良影响，容易引起教员的头痛，对新文学的前途担心。但这些渐渐的能在文字上创造风格的作者，对于中国新文学的贡献，倒是功大过小。它的功就是把写作范围展宽，不特在各种人事上失去拘束性，且在文体上也是供有天才的作家自由发展的机会。这自由发展，当然就孕育了一个“进步”的种子。

适之先生，如今对当前一部分散文作品倾向表示怀疑的，是一个中学国文教员，表示怜悯的，是一个文学革命的老前辈，这正可说明一件事，中国新文学二十年来的活动，它发展得太快了一点，老前辈对它已渐渐疏忽隔膜，中学教员因为职务上关系，虽不能十分疏忽，但限于兴趣认识，对它也不免隔膜了。创始者不能追逐时变，理所当然。但一个中学教员若对这种发展缺少认识，可不是一件很好的事。所以我认为真真成问题的，不是絜如先生所说“糊涂文”的普遍流行，也许倒是一个中学国文教员，在当前情形下，我们应当如何想法，使他对于中国新文学的过去，现在，得到一个多方面的合理的认识。且从这种认识上，再得到一个“未来可能是什么”的结论。把这比较合乎史实的叙述也比较健全的希望，告给学生，引导学生从正面去认识一下中国新文学，这件事情实在异常重要。不过关于教员这点认识，是尽他自己去努力好些，还是由大学校帮他们一个忙好些？中学教员既多数是从大学出身的，由大学校想办法应当方便得多。

我这点看法假若还有一部分道理存在，我们不妨就一般大学校中国文学系的课程表上，看看负责的对这问题有多少注意。检查结果会有点失望，因为大学校对它实在太疏忽了。课程表上照例有李白杜甫或《文选》的专题研究，有时还是必修课，一礼拜上两小时，或四小时，可是把明清“章回小说”的研究列入课表上的就很少。至于一个学校肯把“现代中国文学”正式列入课程表，作为中国文学系同学必修课程的，那真可说是稀有的现象。（有的学校虽有一两小时“文学习作”，敷衍敷衍好弄笔头的大学生，事实上这种课程既不能造就作家，更不能使学生有系统的多明白一下新文学二十年来在中国的意义。）大学校对这件事的疏忽，我们知道有两个原因，一是受规则影响，好像世界各国大学都无此先例，中国当然不宜破例，减去文学系的尊严。二是受事实拘束，找这种教授实在不容易。重要的或者还是“习惯”。负责的安于习惯，不大注意中国特殊情形。临到末了，我们不能不说各大学负责者对于这问题认识实在不够。因为他如若明白中学生读的课本虽一部分是古典作品，其余所看的书大部分都是现代出版物，中学生虽得受军训，守校规，但所谓人生观，社会观，文学观，却差不多都由读杂书而定。感于这个问题的重大，以及作中学教员责任兴味对学生关系如何密切，也许在大学课程中，会努力打破习惯，至少有两小时对于现代中国文学的研究，作为每个预备作中学教员的朋友必修课。若说教员不容易得到，为什么不培养他？为什么不再打破惯例，向二十年来参加这个活动，有很好成绩，而且态度正当思想健全的作家去设法？

我想提出这个问题，请所有国立大学（尤其是师范大学）文史学系的负责人注意注意。且莫说一个教师对于文学广博的欣赏力，如何有助于学生。只看看教育部课程标准，在初中一年级教本中，语体文即占百分之七十，高中教本语体文依然还有一部分。可是那些人之师在学校读书时，对这方面的训练，有的竟等于零。他不“学”，怎么能“教”？这不特是学校的疏忽，简直是教育部的过错。

我很盼望听听您对这问题的意见。

情绪的体操

先生:

我接到你那封极客气的信了，很感谢你。你说你是我作品唯一的读者，不错。你读得比别人精细，比别人不含胡，我承认。但你我之间终有种距离，并不因你那点同情而缩短。你讨论散文形式同意义，虽出自你一人的感想，却代表了多数读者的意见。

我文章并不骂谁讽谁，我缺少这种对人苛刻的兴味。我文章并不在模仿谁，我读过的每一本书上的文字我原皆可以自由使用。我文章并无何等哲学，不过是一堆习作，一种"情绪的体操"罢了。是的，这是一种体操，属于精神或情感那方面的。一种使情感"凝聚成为渊潭，平铺成为湖泊"的体操。一种"扭曲文字试验它的韧性，重摔文字试验它的硬性"的体操。你厌烦体操是不是？我知道你觉得这两个字眼儿不雅相，不斯文。它使你联想到铁牛，水牛。那个人的体魄威胁了你。你想到青年会，柚木柜台里的办事人，一点乔装的谦和，还有点儿俗，有点儿谄媚。你想起“美人鱼”从相片上看来人已胖多了。……

可是，你不说你是一个“作家”吗？不是说“文字越来越沉，思想越来越涩”？

先生，一句话：这是你读书的过错。你的书本知识可以吓学生，骗学生，却不能帮助你写一个短短故事，达到精纯完美。你读的书虽多，那一大堆书可不消化，它不能营养你反而累坏了你。你害了精神上的伤食病。脑子消化不良，晒太阳，吃药，皆毫无益处。你缺少的就正是那个情绪的体操！你似乎简直就不知道这样一个名词，以及它对于一个作家所包含的严重意义。打量换换门径来写诗？不成。痼疾还不治好以前，你一切设计皆等于白费。

你得离开书本独立来思索，冒险向深处走，向远处走。思索时你不能逃脱苦闷，可用不着过分担心，从不听说一个人会溺毙在自己思索里。你不妨学学情绪的散步，从从容容，五十米，两百米，一哩，三哩，慢慢的向无边际一方走去。只管向黑暗里走，那方面有得是眩目的光明。你得学控驭感情，才能够运用感情。你必需静，凝眸先看明白了你自己。你能够冷方会热。

文章风格的独具，你觉得古怪，觉得迷人，这就证明你在过去十年中写作方法上精力的徒费。一个作家在他作品上制造一种风格，还不是极容易事情？你读了多少好书，书中什么不早先提到？假若这是符咒，你何尝不可以好好地学一学，自己来制作这些符咒？好在我还记起你那点“消化不良”，不然对于你这博学而无一能真会感到惊奇。你也许过分使用过了你的眼睛，却太吝啬了你那其余官能。谁能否认你有个魂灵，但那是发育不全的灵魂。你文章纵努力也是永久贫乏无味。你自己比别人许更明白那点糟处，直到你自己能够鼓足勇气，来在一个陌生人面前承认，请想想，这病已经到了什么样一种情形！

一个习惯于情绪体操的作者，服侍文字必觉得比服侍女人还容易。因为文字能服从你自己的“意志”，只要你真有意志。至于女人呢？她乐于服从你的“权力”。也许……得了，不用提。你的事恰恰同我朋友××一样：你爱上艺术他却倾心了一个女人。皆愿意把自己故事安排得十分合理，十分动人。皆想接近那个“神”，皆自觉行为十分庄严，其实处处却充满了呆气。我那朋友到后来终于很愚蠢的自杀了，用死证实了他自己的无能。你并不自杀，只因为你的失败同失恋在习惯上是两件事。你说你很苦闷，我知道你的苦闷。给你很多的同情可不合理，世界上像你这种人太多了。

你问我关于写作的意见，属于方法与技术上的意见，我可说的还是劝你学习学习一点“情绪的体操”，让它把你十年来所读的书消化消化，把你十年来所见的人事也消化消化。你不妨试试看。把日子稍稍拉长一点，把心放静一点。到你能随意调用字典上的文字，自由创作一切哀乐故事时，你的作品就美了，深了，而且文字也有热有光了。你不用害怕空虚，事实上使你充实结实还靠的是你个人能够不怕人事上“一切”。你不妨为任何生活现象所感动，却不许被那个现象激发你到失去理性。你不妨挥霍文字，浪费词藻，却不许自己为那些华丽壮美文字脸红心跳。你写不下去，是不是？照你那方法自然无可写的。你得习惯于应用一切官觉，就因为写文章原不单靠一只手。你是不是尽嗅觉尽了他应尽的义务，在当铺朝奉以及公寓伙计两种人身上，辨别得出他们那各不相同的味儿？你是不是睡过五十种床，且曾经温习过那些床铺的好坏？你是不是……

你嫌中国文字不够用，不合用，别那么说。许多人皆用这句话遮掩自己的无能。你把一部字典每一页皆翻过了吗？很显然的，同旁人一样，你并不作过这件事。你想造新字描绘你那新的感觉，这只像是一个病人欺骗自己的话语。跛了脚，不能走动时，每每告人正在设计制造翅膀轻举高飞。这是不切事实的胡说，这是梦境。第一你并没有那个新感觉，第二你造不出什么新符咒。放老实点，切切实实治一治你那个肯读书却被书籍壅塞了脑子压断了神经的毛病！不拿笔时你能“想”，不能想时你得“看”，笔在手上时你可以放手“写”，如此一来，你的大作活泼起来了，放光了。到那个时节，你将明白中国文字并不如一般人说的那么无用。你不必用那个盾牌掩护自己了。你知道你所过目的每一本书上面的好处，记忆它，应用它，皆极从容方便，你也知道风格特出，故事调度皆太容易了。

你试来做两年看看。若有耐心还不妨日子更多一点。不要觉得这份日子太长远，这只是一个学习理发小子满师的年限。你做的事应当比学理发日子还短，是不是？我问你。

一种新的文学观

中日战争由北而南后，好些从事写作的朋友，感觉国家应付这个问题的庄严性，和个人为战争所激起的爱国热忱，新兴的工作的渴望，都干脆简单，向各战区里跑去。有的直到战争结束时，还来往于南北战区最前线，或转入沦陷区随同游击队活动，日子虽过得异常艰苦，精神实很壮旺，或经常有作品发表，或在准备中有伟大计划等待实现。有些人又因为别有原因，从前方退回来转到几个大都市里住下，用“文化人”身份，一面从事写作，一面还可参加各种社交性的活动，日子似乎也过得忙碌而紧张。又有人退回到原有职务上，或从政经商，或埋头读书，虽然对写作已息手，因为明白了“持久战争”的意义，从抗战建国广泛解释上，过日子倒也还心安理得。就中却有几个朋友，前线奔走三年后，在都市文化人中又混了二三年，再退到一个小地方来消化自己的社会经验和人事印象时，不免对于写作感到厌倦与灰心，且对文学本身表示一点怀疑。战事结束后这种情形且更显著。怀疑的是用文学作为工具，在这个变动世界中，对于“当前”或“明日”的社会，究竟能有多少作用，多少意义?具有这种心情的作家，虽只是个少数，但很可能在某种情形下，逐渐会成多数。平时对文学抱了较大希望与热诚，且对于工作成就又有充分自信的作者，这点怀疑的种子发芽敷荣，不特将刺激他个人改弦易辙，把生命使用到另外工作上去，且因为这种情形，还会影响到新文学已有的社会价值，和应有的新进步。

试分析原因，即可知一种因习的文学观实困惑人，挫折人。这种文学观在习惯中有了十多年历史，已具有极大的势力，不仅是支配一部分作家的“信仰”，且能够支配作家的“出路”。一般作家虽可以否认受它的“限制”或“征服”，实无从否定它的“存在”。我们尽可说这是比较少数论客的玩意儿，与纯粹而诚实的作家写作动机不相干，与作品和历史对面时的成败得失更不相干，然而到我们动笔有所写作时，却无从禁止批评家、检查官、出版人和那个分布于国内各处的多数读者，不用“习惯”来估量作品的意义与价值，且决定它的命运。这种因习文学观的特性，即“文学与政治不可分，且属于政治的附产物或点缀物”，作家的怀疑，即表示对于这个问题的解释，实各有异见。近代政治的特殊包庇性，毁去了文学固有的庄严与诚实。结终是在这个现状继续中，凡有艺术良心的作家，既无从说明，无从表现，只好搁笔。长于政术和莫名其妙者，倒因缘时会容易成为场面上人物。因之文学运动给人的印象，多只具一点政策装点性，再难有更大希望可言。

文学属于政治的附产物或点缀物，这个事件的发展，我曾检讨过它前后的得失，且提出些应付未来的意见。在利害得失上，虽若比较偏于消极的检举驳议，然而一个明眼的读者看来，会承认原来这一切都是事实，并非凿空白话的。从民十五六起始，作家就和这种事实对面，无可逃避。虽和事实对面，多数人却又不肯承认，亦无努力改正。习惯已成，必然是“存在的照旧存在”，因此若干作家便用一个“犯而不校”态度来支持下去，恰恰和别个的读书人应付社会一般不公正情况一样。低首“承认事实”，与固执“关系重造”，前者既费力少而见功易，所以我爬梳到这个问题伤处时，转若过分好事，不免近于捕风。风虽存在，从我手指间透过，如可把握，无从把握。

文学既附于政治之一翼，现代政治的特点是用商业方式花钱，在新闻政策下得到“群”，得到“多数”。这个多数尽管近于抽象，也无妨害。文学也就如此发展下去，重在一时间得到读者的多数，或尊重多数的愿望，因此在朝则利用政治实力，在野则利用社会心理，只要作者在作品外有个政治立场，便特别容易成功。一些初初拿笔的人，不明白中国新文学搅混入商场与官场共同作成的漩涡中后，可能会发生些什么现象，必然还会有些什么结果，另一方面个人又正要表现，要露面，当然都乐于照习惯方式，从短短时期中即满足一切。这些人也就作成某一时节某种论客说的“政党虽有许多种，文学只有两种，非左即右，非敌即友”论调的基础。许多人在风气追逐中打混下去，于是不甚费力即俨然已成了功。这种成功者若世故与年龄俱增，作品却并无什么进步，亦无可望得到进步，自必乐享其成，在伙儿伴儿会社竞卖方式中，日子过得从容而自在。物质上即或因为抢的是个冷门，得不到什么特别享受，情绪还俨然是尊严而高尚。他若是个年龄越长越大、经验越积越多、情性却越来越天真、在写作上又抱了过多的热诚（与时代的不合的古典热诚）的人，自必对于个人这点成功，不大满意，对于文学作家中的依赖性，和其他不公正不诚实的包庇性，转趋怀疑。会觉得维持现状，不仅堕落了文学运动固有的向上性，也妨碍这个运动明白的正常发展。文学运动已失去了应有的意义，作家便再不是思想家的原则解释者，与诗人理想的追求者或实证者，更不像是真正多数生命哀乐爱憎的说明者，倒是在“庶务”“副官”“书记”三种职务上供差遣听使唤的一个公务员了。其用以自见于世的方法，再不基于人性理解的深至，与文字性能的谙熟，只是明白新式公文程式之外，加上点交际材干，或在此则唯唯诺诺，或在彼则装模作样，兼会两分做戏伎俩，总而言之，一个“供奉待诏”，一个“身边人”而已。凡有自尊心的作家，不能从这种方式中得到所从事工作的庄严感，原是十分自然的！他若看清楚习惯所造成的不公正事实，和堕落倾向，而从否认反抗下有所努力，不可免即有另外一种不公正加于他的本身。能忍受长久寂寞的，未必能忍受长久苛刻，所以无事可为，只好息手不干。然而这不甘哺糟啜醨的心情，尚难得社会同情，反作成一种奚落，“这个人已落了伍，赶不上时代”。坚贞明知素朴诚实的落了伍，另一些人似乎前进了。试看看近十年来若干“前进”作家的翻云覆雨表现，也就够给人深长思！即始终不移所信所守的有许多人岂不是虽得伙儿伴儿合作来支持他做“作家”的名分，还不能产生什么像样作品？

拿笔的人自然都需要读者，且不至于拒绝多数读者的信托和同感。可是一个有艺术良心的作家，对于读者终有个选择，并不一例重看。他不会把商业技巧与政治宣传上弄来的大群读者，认为作品成功的象征。文学作品虽仰赖一个商业组织来分配，与肥皂牙膏究不相同。政治虽有其庄严处，然而如果遇到二三与文学运动不相干的小政客，也只想用文学来装点政治场面，作者又居然不问是非好坏，用个“阿谀作风”来取得“风气阿谀”时，不仅是文学的庄严因之毁去，即政治的庄严也会给这种猥琐设计与猥琐愿望毁去！近代政治技术虽能产生伟大政治家，可不闻在同样安排中产生过伟大艺术家或文学家。一个政治家能在机会中控制群众情感。取得群众好感，并好好用群众能力，即可造成伟大事业。一个音乐家或文学家其所以伟大，却得看他能否好好控制运用音符文字。新闻政策虽能使一个政治家伟大，若艺术家文学家失去与民族情感接触的正当原则，仅图利用政治上的包庇惯性和商业上的宣传方式，取得群众一时间的认可，个人虽小有所得，事实上却已把艺术文学在这个不良关系上完全坠落了。近十余年来的情形，一个真有远见的政治思想家，一个对新文学发展过程有深刻理解的文学理论家，批评家，以及一个对写作有宏愿与坚信的作家，对于这问题得失，都应当清清楚楚。现状的过去，只作成社会上这部门工作的标准纷歧，以及由于这种纷歧引起的思想混乱。北伐统一后最近十年中年青人生命国力的种种牺牲。三十岁以上的人，必尚保留一个痛苦印象，现状的继续，另一面便作成目下事实：国内少数优秀作家，在剥削与限制习惯中，尚无法用工作收入应付生活。许多莫名其妙的人物，不折不扣的驵侩，倒各有所成，为文运中不可少的分子。事情显明，一种新的文学观，不特为明日文学所需要，亦为明日社会不可少。

国家进步的理想，为民主原则的实现。民主政治的象征，属于权利方面虽各有解释，近于义务方面，则为各业的分工与专门家抬头。在这种情形中，一个纯思想家，一个文学家，或一个政治家，实各有其伟大庄严处。即照近代一般简单口号，“一切与政治不可分”，然而一切问题与政治关系，却因为分工分业，就必需重造。尤其是为政治的庄严着想，更不能不将关系重造。照近廿年来的社会趋势，一种唯利唯实的人生观，在普通社会中层分子中实到处可以发现。许多事业都以用最少劳力得到最大成功为原则，个人或社团的理想，说来虽动人堂皇，实际竟常与得到“数量”不可分，有时且与得到“货币”不可分。中层分子人生观，既在各种支配阶级中占绝大势力，因之在国家设计上，就都不可免见出一点功利气味，看得近，看得浅，处处估计到本钱和子息，不做赔本生意。我们常常听人说到的“现代政治家”，事实上这些人有时却近于一个商行管事，或一个企业公司的高级职员，不过是因缘时会，从信仰这个拥护那个方式中变成一个官僚罢了。这种人精明能干处，虽是应付目前事实，举凡略与事实相远的问题，与小团体功利目的不相符的计划，即无从存在或实现。普通所谓“思想家”，在一般倾向上，也就不知不觉变成了“政治公文”的训话家或修辞学人物。社会上另一部分有识无位的知识分子，在凝固情感中无可为力，自然只好用个独善其身的退缩态度混下去，拖下去。……然而我们在承认“一切属于政治”这个名词的严肃意味时，一定明白任何国家组织中，却应当是除了几个发号施令的负责人以外，还有一组顾问，一群专家，这些人的活动，虽根据的是各种专门知识，其所以使他们活动，照例还是根据某种抽象原则而来的。这些抽象原则，又必然是过去一时思想家（哲人或诗人）对于人类的梦想与奢望所建立。说不定那些原则已陈旧了，僵固了，失去了作用和意义，在运用上即见出扞隔与困难。高尚原则的重造，既无可望于当前思想家，原则的善为运用，又无可望于当前的政治家，一个文学作家若能将工作奠基于对这种原则的理解以及综合，实际人性人生知识的运用，能用文学作品作为说明，即可供给这些指导者一种最好参考，或重造一些原则，且可作后来指导者的指导。新的经典之所以为经典，即从这种工作任务的重新认识，与工作态度的明确，以及对于“习惯”的否定而定。从这个认识下产生的优秀作品，比普通公务员或宣传家所能成就的事功，自然来得长久得多，也坚实得多！

一面是如此理想，另一面是如彼事实，如何使文学作家充满新的信心来面对事实证明理想？若说人生本是战争，这件事也就可说是种极端困难的战争！为的是任何合理的企图，若与“习惯”趋势不大相合，从习惯而来的抵抗性，都不免近于战争。所以支持这种反清客化的新的文学观，并从据点上有所进取，是需要许多许多人来从事的。这种工作与另外一些从“阿谀风气”得到“风气阿谀”的文人，目的既完全不同，难易自然也无从比较。不过事情虽困难亦不太困难，这从“过去”即可推测“未来”。试数一数初期文学运动对于“腐败现象”“保守观念”所见出的摧陷廓清成绩，以及对于“高尚原则重造”在读者人格中所具有的影响，来和新的问题对面，实不由人不充满乐观信仰。官僚万能的时代，已成为过去的事情了。新的国家的重造，必然是各种专门家的责任。国家设计一部门，“国民道德的重铸”实需要文学作品处理，也唯有伟大文学作家，始克胜此伟大任务。

相熟或陌生朋友，曾经充满热忱来从事写作，在那个因习文学观困辱下得到成功，又从成功中因经验积累转而对文学怀疑的，我觉得不应当灰心丧气。因为这种认识正可谓“塞翁失马”。我们明日作事的机会，正不可下于另外一种人当前作官的机会，实在多而又多。我们需要的是一分信仰，和九分从“试验”取得“经验”的勤勉，来迎接新的历史。恰如走路，能去到什么地方，不是我们所能预想，也许如此走去到达一个预定的终点，还是毫无所得，必将继续走去，到死为止。正因为对人生命言，死才是一个真正的终点，才容许一个有理想有思想的生命获得真正休息！从文学运动言，必有许多人将生命来投资到这个工作，方可望有作用，见效果，使若干具有新的经典意义的作品能陆续产生！

小说与社会

我们时常都可以听到人说："俺，没有事情作，看小说。""放了假怎么消遣？看小说吧。"事实上坐柜台生意不忙的店员，办公室无事可作的公务员，甚至于厂长、委员，不走运的牙医，脾气大的女护士，尽管生活不同，身分不同，可是他们将不约而同，用看小说来耗费多余生命，且从小说所表现的人事哀乐中取得快乐和教育。即试从家中五十岁左右认识字的老妈妈，和十岁以上的小学生，注意注意他们对小说故事的发迷，也可证明我的"从小说取得快乐和教育"，是件如何普遍而平常的事情。许多家长对孩子读书成绩不满意，就常向人说："这孩子一点不用功，看小说发了迷。"其实小说也是书，何尝只有小孩发迷？我知道有四个大人，就可称为"小说迷"。不过和小孩子发迷的情形稍稍不同。第一个是弄社会科学的李达先生，和家中孩子们争看

《江湖奇侠传》时，看到第十三集还不肯歇手。第二个是弄哲学的金岳霖先生，读侦探小说最多，要他谈“侦探小说史”，一定比别的外文系教授还当行。还有一个中央研究院梁思永先生，是发掘安阳殷墟古物的专家（照他自己说应当是挖坟专家，因为他挖过殷商帝王名臣坟墓到一千三百座），可是除专行以外，他最熟悉的就是现代中国小说。他不仅读得多，而且对作品优劣批评得异常中肯。更有一个一般人全猜不着的小说通，即主持军事航空的周至柔先生，他不仅把教“现代小说”的人所重视的书都欣赏到，此外近三十年来的旧章回小说，也大多数被他欣赏到了。对这些作品内容得失提出的意见，恐怕不是目下三脚猫教授能答复的。从这些例子看看，我们即不能说“小说的价值如何大”，至少得承认“小说的作用实在大”。因为它们不仅有时使家中孩子发迷，也可使国内第一流专家分点心！

从前人笔记小说上谈小说作用，最有趣味的是邹弢《三借庐笔谈》记苏州人金某读《红楼梦》事，这个人读发了迷，于是就在家中设了个林黛玉的木牌位，每天必恭恭敬敬祭一祭。读到绝粒焚稿时，代书中多情薄命才女伤心，自己就不吃饭，哭得不成个样子。久而久之，这人自然发了疯，后来悄悄出门去访“潇湘妃子”，害得家中人着了急，寻找了几个月才找回。又陈其元《庸闲斋笔记》，记杭州某商人有个女儿，生得明艳动人，又会作诗，因爱好《红楼梦》，致成痨病。病情沉重快要死去时，父母又伤心又生气，就把女儿枕边的那几本书，一起抛到火炉里烧去。那个多情女子却哭着说："怎么杀死我的宝玉?"书一焚，她也就死去了。这些人这些事不仅从前有过，现在说不定还有很多。读了《红楼梦》，称宝玉作"真情人"，倾心拜倒的，实大有其人。又或稍能笔墨，间常害点小病，就自以为是黛玉的，也大有其人。古人所不同处，只是苏州那个姓金的，爱恋的是书中美人，杭州那个老板姑娘，爱恋的是书中才子，现今的先生小姐，却自己影射自己是宝玉黛玉，爱恋的是他自己罢了。

我们讨论小说的价值以前，先得承认它的作用。这因论数量，小说数量特别多，内容好坏不一致，然而"能引起作用"倒差不多。论影响，小说流行相当久，范围特别广，即从《三国演义》来说，遍中国的关帝庙，庙中那位黑脸毛胡子周仓，周仓肩上扛的那把青龙偃月刀，都是从这个小说来的。下层社会帮会的合作，同盟时相约"祸福同当"，以及此后的分财分利，也似乎必援引《桃园结义》故事。可见得同一小说，它的作用便不尽相同。姚元之《竹叶亭杂记》，说雍正时一个大官保荐人材，在奏文中引用小说里孔明不识马谡故事，使皇帝生了气，认为不合，就打了那个官四十大板，并枷号示众。然而陈康祺的《燕下乡脞录》，却说顺治七年大学士达海、范文程等，把《三国演义》译成了满洲文，蒙赏鞍马银币。满洲武将额勒登保的战功，据说就是得力于这个翻译小说的（比较时间略前，明末忠臣李定国，也是受《三国演义》影响，而由贼做官，终于慷慨殉国）。

所以从小说“作用”谈“价值”，我们便可以明白同样一个作品，给读者可好可坏。有时又因为读者注意点不同，作品价值即随之而变。《红楼梦》《水浒传》，卫道老先生认为它诲淫诲盗，家中的大少爷二小姐和管厨房的李四，说不定反用它当做随身法宝，倘若另外来个社会学家费孝通先生，他把书仔细读过后，却会说“这简直是几百年来中国最真实有用的社会史料！”

又从作者那方面来看“价值”，也很有意思。读过《笑林广记》的人，决不能说这本书有什么价值。可是这类书最先一部，名为《笑林》，却相传是魏文帝曹丕作的（这算是皇帝作的唯一小说！即不是他做的，也是留在这个皇帝身边说笑话的邯郸淳做的）。孔子好像是个和小说和笑话不能发生关系的人了，然而千年后的人，对孔子保留一个印象，比较活泼生动的，并不是他读《易》时韦编三绝铁擿三折，倒是个并不真实带点谐谑的故事，即韩婴的《韩诗外传》上，载孔子与子贡南游阿谷之隧，见一个女子“佩瑱而浣”，因此派子贡去和女子谈话那个故事。这又可见写一个历史上庄严重要人物，笔下庄严亦未必即能成功，或从别的方法上表现，反而因之传世。表现得失既随事随人而定，它的价值也就不容易确定了。从这里我们可以明白涉及小说的社会问题，是个多么复杂的问题。同是用一组文字处理人事，可作成的只是些琐琐碎碎的纪录，增加鬼神迷信妨碍社会进步的东西；也可保留许多人类向上的理想，和人生优美高尚的感情。大约就因为它与社会关系太复杂又太密切，所以从一本书的作用上讨论到价值时，意见照例难于一致。我们试从近三十年中国这方面的发展看看，可见它和社会如何相互影响。明白过去或可保留一点希望于未来。

民国初元社会对于“小说”的关系，可从三方面见出：一是旧小说的流行，二是新章回小说的兴起，三是更新一派对于小说的社会意义与价值重估。

当时旧小说的流行，应当数《水浒》《三国》《西游》《封神》《说唐》《小五义》《儿女英雄传》《镜花缘》《绿野仙踪》《野叟曝言》《情史》《红楼梦》《聊斋志异》《今古奇观》……书虽同时流行，实在各有读者。前一部分多普通人阅读。有些人熟习故事，还是从看戏听书间接来的。就中读《三国》《水浒》，可满足人英雄崇拜的愉快；读《西游》《镜花缘》，可得到荒唐与幽默综合的快乐；读《封神榜》照规矩，必然得洗洗手，为的是与当时鬼神迷信习惯相结合。后一部分多书生和闺阁仕女阅读。有的人从书中发现情人，有的人从书中得到知己。《聊斋志异》尤为人爱读，为的是当故事说即容易动听，就中《青凤》《娇娜》《黄英》《婴宁》这类狐鬼美人，更与自作多情孤单寂寞的穷书生恋爱愿望相称。《今古奇观》中的《金玉奴棒打薄情郎》《卖油郎独占花魁》，故事说给妓女和小商人听时，很可能会赢得他们许多眼泪，并增加他们许多幻想！

至于新章回小说的兴起，是与报纸杂志大有关系的。如《九尾龟》《官场现形记》《海上繁华梦》《孽海花》《留东外史》《玉梨魂》……这些作品多因附于报纸上刊载，得到广大的注意，（那时上海申、新二报是国内任何一省都有订户的！）它的特点是渐趋于一致的社会性。故事是当前的，注重在写人写事。或嘲笑北京官场，或描写上海洋场，或记载晚清名士美人掌故，或记载留日学生舍命恋爱，或继续传统才子佳人悲欢离合情节，如苏曼殊、徐枕亚等人作品，就名为“香艳小说”，它的时间短，分布少，当然不如旧小说普遍，然而它的影响可不小！因为北京的腐败，上海的时髦，以及新式人物的生活和白面书生的恋爱观，都是由这类小说介绍深印于国内读者脑中的。作品既暴露了些社会弱点，对革命进行也有点作用。然而当时有一部分作家，已起始借用它作“讹诈老板”或“阿谀妓伶”工具，所以社会对小说作家就保留个“才子流氓”印象，作品的价值随之而减少。这件事，间接刺激了新文学的兴起，且直接制定了章回小说的死命。

至于更新一派的人把小说社会价值重估，是配合维新思想而来的。吴稚晖先生为提倡科学教育，来写《上下古今谈》。林琴南先生大规模译欧洲小说，每每在叙言上讨论到小说与德育问题。梁启超先生更认为小说对国民影响大，作用深，主张小说在文学上应当有个较新的看法，值得来好好设计，好好发展培育它。林译小说的普遍流行，在读者印象中更能接受那个新观念，即“从文学中取得人生教育”。虽然这个新观念未能增加当时读者对小说的选择力，因为和林译小说同时流行的小说，就是《福尔摩斯侦探案》。然而一个更新的文学运动，却已酝酿到这个新读者群中，到民八即得发展机会。新文学是从这个观念加以修正，并得到语体文自由运用的便利，方有今日成就的。

到现在来说小说和社会，有好些情形自然都不同了，第一是旧小说除了几部较重要的还有因为重新印行重新分配得到读者，其余或因为流行数量越来越少，或因为和读者环境生活不合，不仅老先生所担心的诲淫诲盗小说作用已不大，就是维新派担心的鬼狐迷信与海上黑幕小说，也不能有多大的作用了。一般印象虽好像还把小说当消遣品，小说作家和作品在受过初级教育以上的年青人方面，却已具有“先知”“经典”意味。大学校已把它当作一种研究课目，可作各种讨论。国立图书馆更有个小说部门，收藏很多书籍，国家准备奖金，且给作品一种学术上的敬视，把它和纯数学以及史学等等并列。国家在另外一方面，为扶持它，培养它，每年还花去不少钱。国内出版业在这方面投资的，数目更极可观。一个有成就的作家，所能引起读者给予的敬意和同情，若从过去历史追溯，竟可说是空前的！就拿来和当前社会上一般事业成功比较，也可以说是无与比肩的！

说到这一点时，我们自然也还得另外知道些事情。我意思是把那个缺点提一提，因为缺点是随同习惯而来，还需要从讨论上弄明白，可想法补救的。譬如说，过去十年新文学运动，和政治关系太密切，在政治上不稳定时，就得牺牲了些有希望的作家。又有些虽还好好地活着，因为“思想不同”，就受限制不能好好地写他的作品发表。又有些因为无从在比较自由情形下工作，索性放下原有工作去弄政治，这个作风又照例是能增加纠纷而无助于文学发展的。这实在是我们国家的损失，值得有心人重视。其次是文学运动过去和商业关系不大好，立法上保障不生作用，因此国内最知名作家，他的作品尽管有一百万本流行，繁荣了那个新出版业，作者本人居多是无所得的。直到如今为止，能靠出版税收入过日子的小说作家，不会过三五位。冰心或茅盾，老舍或丁玲，即或能有点收入，一定都不多。因此作家纵努力十年，对国家社会有极大贡献，社会对他实在还说不上什么实际贡献。他得做别的事，才能养家活口。所以有些作家到末了只好搁下创作，另寻生活，或教书经商，或做官办党，似乎反而容易对付。有些人诚实而固执，缺少变通，还梦想用一支笔来奋斗，到末了也就只好在长穷小病中死去，倒下完事。这自然更是国家的损失！一个进步的国家，照理不应当有这种现象的。（因为这纵不是负责方面的罪过，至少也是可负疚的羞耻！）关于这一点，我们实在需要出版业方面道德的提高，和国家在立法上有个保障，方能望得到转机，单是目前的种种办法，还是不够的！从商业观点来看一本好书，也许不过是它能增加一笔收入，别无更深的意义，标准就不会高。至于从国家观点看来，一本好书，实值得由国家来代为出版，代为分配。照中国目前情形，一本好书印行十万到五十万本，总有办法可分配的！国家来作这件事，等于向全国中优秀脑子和高尚情感投资，它的用意是尊重这种脑子并推广这种情感。即或麻烦一点，但比别的设计究竟简单得多，而且切于实际得多！作者若能从这个正当方式上得到应得的版税，国家就用不着在这问题上花钱费心了。

这种种合理的打算，最近自然无从实现。但这对于一个有自尊心和自信心的作者说来，还是不会灰心的。就因为他的工作物质上即无所得，还有个散处于国内的五十万一百万读者，精神上是相通的。尽管有许多读者是照我先前说的“无事可作，消遣消遣”，可是一本好书到了他的手中后，也许过不久他就被征服了。何况近二十年来的习惯，比我们更年青一辈的国民，凡是受中等教育的，都乐意从一个小说接受作者的热诚健康人生观，好作品能引起良好作用，实在显明不过。我们虽需要国家对于文学作用有更深刻的认识，同时还更需要文学作家自己也能认识自己，尊重自己，不要把“思想”完全依赖在政治上，不要把“出路”完全寄托在收入上。若想到真理和热情是可传递的，这个工作成就，实包含了历史价值和经典意义，他就会相信明日的发展，前途为如何远大。环境即再困难，也必然不以为意了！

小说作者和读者

我们想给小说下一个简单而明白的定义，似乎不大容易。但目下情形，“小说”这两个字似乎已被人解释得太复杂太多方面，反而把许多人弄糊涂了，倒需要把它范围在一个比较素朴的说明里。个人只把小说看成是“用文字很恰当记录下来的人事”，这定义说它简单也并不十分简单。因为既然是人事，就容许包含了两个部分：一是社会现象，即是说人与人相互之间的种种关系；二是梦的现象，即是说人的心或意识的单独种种活动。单是第一部分不大够，它太容易成为日常报纸记事。单是第二部分也不够，它又容易成为诗歌。必需把“现实”和“梦”两种成分相混合，用语言文字来好好装饰、剪裁，处理得极其恰当，方可望成为一个小说。

我并不说小说须很“美丽”的来处理一切，因为美丽是在文字辞藻以外可以求得的东西。我也不说小说需要很“经济”的来处理一切，即或是一个短篇，文字经济依然不是这个作品成功的唯一条件。我只说要很“恰当”。这恰当意义，在使用文字的量与质上，就容许不必怕数量的浪费，也不必对于辞藻过分吝啬。故事内容发展呢，无所谓“真”，也无所谓“伪”，要的只是恰当。全篇分配要恰当，描写分析要恰当，甚至于一句话一个字，也要它在可能情形下用得不多不少，妥贴恰当。文字作品上的真美善条件，便完全从这种恰当产生。

我们得承认，一个好作品照例会使人觉得在真美感觉以外，还有一种引人“向善”的力量。我说的向善，这个名词的意义，不仅仅是属于社会道德一方面“做好人”为止。我指的是这个读者从作品中接触了另外一种人生，从这种人生景象中有所启示，对人生或生命能作更深一层的理解。普通“做好人”的庸俗乡愿道德，社会虽异常需要，然而有许多简单而便利的方法和工具可以应用，且在那个多数方面极容易产生效果，似乎不必要文学中小说来作这件事。小说可作的事远比这个大。若勉强运用它作工具来处理，实在费力而不大讨好。（只看看历史上绝大多数说教作品的失败，即可明白把作品有意装入一种教义，永远是一种动人理论，见诸实行并不成功。）至于生命的明悟，使一个人消极的从肉体理解人的神性和魔性如何相互为缘，并明白人生各种型式，扩大到个人生活经验以外。或积极的提示人，一个人不仅仅能平安生存即已足，尚必需在生存愿望中，有些超越普通动物肉体基本的欲望，比饱食暖衣保全首领以终老更多一点的贪心或幻想，方能把生命引导向一个更崇高的理想上去发展。这种激发生命离开一个动物人生观，向抽象发展与追求的欲望或意志，恰恰是人类一切进步的象征，这工作自然也就是人类最艰难伟大的工作。我认为推动或执行这个工作，文学作品实在比较别的东西更其相宜。而且说得夸大一点，到近代，这件事别的工具都已办不了时，惟有小说还能担当。原因简明，小说既以人事作为经纬，举凡机智的说教，梦幻的抒情，都无一不可以把它综合组织到一个故事发展中。印刷术的进步，交通工具的进步，又可以把这些作品极便利的分布到使用同一文字的任何一处读者面前去。托尔斯太或曹雪芹过去的成就，显然就不是用别的工具可以如此简便完成的！二十世纪虽和十八九世纪情形大不相同，最大不同是都市文明的进步，人口集中，剥夺了多数人的闲暇，从从容容来阅读小说的人已经不怎么多，从小说中来接受人生教育的更不会多了。可是在中国，一个小说作品若具有一种崇高人生理想，希望这理想在读者生命中保留一种势力，依然并不十分困难。中国人究竟还有闲，尤其是比较年青的读书人，在习惯上用文学作品来耗费他个人的剩余生命，是件已成习惯的时髦事情。若文学运动能在一个良好影响上推动，还可望造成另外一种人的习惯，即人近中年，当前只能用玩牌博弈耗费剩余生命的中层分子，转而来阅读小说。

可是什么作品可称为恰当？说到这一点，若想举一个例来作说明时，倒相当困难了。因为好作品多，都只能在某一点上得到成功。譬如用男女爱情作为题材，同样称为优秀作品的作品，好处就无不有个限制。从中国旧小说看来，我们就知道《世说新语》的好处，在能用素朴文字保存魏晋间人物行为言语的风格或风度，相当成功，不像唐人小说。至于唐人小说的好处，又是处理故事时，或用男女爱憎恩怨作为题材（如《霍小玉传》《李娃传》），或用人与鬼神灵怪恋爱作为题材（如《虬髯客传》《柳毅传》），无不贴近人情。可是即以贴近人情言，唐人短篇小说与明代长篇小说《金瓶梅》又大不相同。《金瓶梅》的好处，却在刻画市井人物性情，从语言运用上见出卓越技巧。然而同是从语言控制表现技巧，《金瓶梅》与清代小说《红楼梦》面目又大异。《红楼梦》的长处，在处理过去一时代儿女纤细感情，恰如极好宋人画本，一面是异常逼真，一面是神韵天成。……不过就此说来，倒可得到另外一种证明，即一个作品其所以成功，安排恰当是个重要条件。只要恰当，写的是千年前活人生活，固然可给读者一种深刻印象，即写的是千年前活人梦境或驾空幻想，也同样能够真切感人。《三国演义》在历史上是不真的，毫无关系，《西游记》在人事上也不会是真的，同样毫无关系。它的成功还是“恰当”，能恰当给人印象便真。那么，这个恰当究竟应当侧重在某一点上？我以为一个作品的恰当与否，必需以“人性”作为准则。是用在时间和空间两方面都“共通处多差别处少”的共通人性作为准则。一个作家能了解它较多，且能好好运用文字来表现它，便可望得到成功，一个作家对于这一点缺少理解，文字又平常而少生命，必然失败。所以说到恰当问题求其所以恰当时，我们好像就必然要归纳成为两个条件：一是作者对于语言文字的性能，必需具敏锐的感受性，且有高强手腕来表现它。二是作者对于人的情感反应的同差性，必需有深切的理解力，且对人的特殊与类型能明白刻画。

换句话说，小说固然离不了讨论人表现人的活动事情，但作者在他那个作品的制作中，却俨然是一个“上帝”（这自然是一种比喻）。我意思是他应当有上帝的专制和残忍，细心与耐性，透明的认识一切，再来处理安排一切，作品方可望给人一个深刻而完整的印象。一个作家在写作过程中，“天才”与“热情”，常常都不可免成为毫无意义的名词。所有的只是对人事严密的思索，对文字保持精微的敏感，追求的只是那个“恰当”。

关于文字的技巧与人事理解，在过去，这两点对于一个小说作家，本来不应当成为问题，可是到近来却成为一个问题。这有一种特别原因，即近二十年中国的社会发展，与中国新文学运动不可分，因此一来小说作家有了一个很特别的地位。这地位也有利也有害，也帮助推进新文学的发展，也妨碍伟大作品产生。新作品在民十五左右已有了商品价值，在民十八又有了政治意义，风气习惯影响到作家后，作家的写作意识，不知不觉从“表现自我”成为“获得群众”。于是留心多数，再想方法争夺那个多数，成为一种普遍流行文学观。“多数”既代表一种权力的符号，得到它即可得到“利益”，得到利益自然也就象征“成功”。跟随这种习惯观念，不可免产生一种现象，即作家的市侩工具化与官僚同流化。尤其是受中国的政治习惯影响，伪民主精神的应用，与政治上的小帮闲精神上相通，到时代许可竞卖竞选时，这些人就常常学习谄谀群众来争夺群众，到时代需要政治集权时，又常常用捧场凑趣方式来讨主子欢心。写成作品具宣传味，且用商品方式推销，作家努力用心都不免用在作品以外。长于此者拙于彼，因此一来，作者的文字技巧与人事知识，当然都成为问题了。这只要我们看看当前若干作家如何把作品风格之获得有意轻视，在他们作品中，又如何对于普通人情的极端疏忽，就可明白近十年来的文学观，对于新文学作品上有多大意义，新的文学写作观，把“知识”重新提出又具有何等意义了。作品在文体上无风格无性格可言，这也就是大家口头上喜说的“时代”意义。文学在这种时代下，与政治大同小异，就是多数庸俗分子的抬头和成功。这种人的成功，一部分文学作品便重新回到“礼拜六”派旧作用上去，成为杂耍，成为消遣品。若干作家表面上在为人生争斗，貌作庄严，全不儿戏，其实虚伪处竟至不可想象。二十年来中国政治上的政策变动性既特别大，这些人求全讨好心切，忽而彼忽而此的跳猴儿戏情形，更是到处可见。因此若干活动作家写成的作品，即以消遣品而论，也很少有能保存到五年以上，受时间陶冶，还不失去其消遣意义的。提及这一点时，对于这类曾经一时得到多数的作家与作品，我无意作何等嘲讽。不过说明这种现象为什么而来，必然有些什么影响而已。这影响自然很不好，但不宜派到某一个作家来负责。这是“时代”！

想得到读者本不是件坏事。一个作者拿笔有所写作，自然需要读者。需要多数读者更是人之常情。因为写作动机之一种，而且可说是最重要的一种，超越功利思想以上，从心理学家说来，即作品需要多数的重视，方可抵补作者人格上的自卑情绪，增加他的自高情绪。抵补或增加，总之都重在使作者个人生命得到稳定，觉得“活下来，有意义”。若得到多数不止抽象的可以稳定生命，还可望从收入增多上具体的稳定生活，那么，一个作家有意放弃多数，离开多数，也可以说不仅是违反流行习惯，还近于违反动物原则了。因为动物对于生命的感觉，有一个共通点，即思索的运用，本来为满足食与性而有，即不能与这两种本能分开。多数动物只要能繁殖，能吃喝，加上疲乏时那点睡眠，即可得到生命的快乐。人既然是动物之一，思想愿望贴近地面，不离泥土，集中于满足“食”与“性”，得到它就俨然得到一切，当然并不出奇，近于常态。

可是这对于一般人，话说得过去。对于一个作家，又好像不大说得过去。为什么？为的是作家在某种意义上，是比较能够用开明脑子在客观上思索人生，研究人生，而且要提出一种意见表示出人生应有些事与普通动物不同的。他有思索，他要表现。一个人对人生能作较深的思索，是非爱憎取予之际，必然会与普通人不大相同。这不同不特要表现到作品上，还会表现到个人行为态度上！

所以把写作看作本来就是一种违反动物原则的行为，又像是件自然不过的事情。为的是他的写作，实在还被另外一种比食和性本能更强烈的永生愿望所压迫，所苦恼。他的创作动力，可说是从性本能分出，加上一种想象的贪心而成的。比生孩子还更进一步，即将生命的理想从肉体分离，用一种更坚固材料和一种更完美形式保留下来。生命个体虽不免死亡，保留下来的东西却可望百年长青（这永生愿望，本不是文学作家所独具，一切伟大艺术品就无不由同一动力而产生）。愿望既如此深切，永生意义当然也就不必需普通读者来证实了！他的不断写作，且俨然非写不可，就为的是从工作的完成中就已得到生命重造的快乐。

为什么我们有这种抽象的永生愿望？这大约是我们人类知识到达某种程度时，能够稍稍离开日常生活中的哀乐得失而单独构思，就必然会觉得生命受自然限制，生活受社会限制，理想受肉体限制，我们想否认，想反抗，尽一切努力，到结果终必败北。这败北意思，就是活下来总不能如人意。即这种不如意的生活，时间也甚短促，不久即受生物学的新陈代谢律所拘束，含恨赍志而死。帝王蝼蚁，华屋山丘，一刹那间即不免同归消灭于乌有之乡。任何人对死亡想要逃避，势不可能。任何人对社会习惯有所否认，对生活想要冲破藩篱，与事实对面时，也不免要被无情事实打倒。个人理想虽纯洁崇高，然而附于肉体的动物基本欲望，还不免把他弄得拖泥带水。生活在人与人相挨相撞的社会中，和多数人哺糟啜醨，已感觉够痛苦了，更何况有时连这种贴近地面的平庸生活，也变成可望而不可及。有些人常常为社会所抛弃，所排斥，生活中竟只能有一点回忆，或竟只能作一点极可怜的白日梦。一个作者触着这类问题时，自然是很痛苦的！然而活下来是一种事实，不能否认。自杀又违反生物的原则，除非神经衰弱到极端，照例不易见诸实行。人既得怪寂寞痛苦的勉强活下来，综合要娱乐要表现的两种意识，与性本能结合为一，所以说，写作是一种永生愿望。试从中国历史上几个著名不朽文学作家遗留下的作品加以检查，就可明白《离骚》或《史记》，杜工部诗或曹雪芹小说，这些作品的产生，情形大都相去不远。我们若透过这些作品的表面形式，从更深处加以注意，便自然会理解作者那点为人生而痛苦的情形。这痛苦可说是惟有写作，方能消除。写作成后，愿望已足，这人不久也就精尽力疲，肉体方面生命之火已告熄灭，人便死了，人虽死去，然而作品永生，却无多大问题。

这个“永生”，我指的不是读者数量上问题，因为一个伟大作家的经验和梦想，既已超越世俗甚远，经验和梦想所组成的世界，自然就恰与普通人所谓“天堂”和“地狱”鼎足而三，代表了“人间”，虽代表“人间”，却正是平常人所不能到的地方。读者对于这种作品的欣赏，决不会有许多人。世界上伟大作品能在人的社会中长久存在，且在各种崇拜，赞美，研究，爱好，以及其他动人方式中存在，其实也便是一种悲剧。正如《红楼梦》题词所载：

“满纸荒唐言，一把酸辛泪。都言作者痴，谁解其中味?”

从作品了解作者，实在不是一件容易事。所以一个诚实的作者若需要读者，需要的或许倒是那种少数解味的读者。作者感情观念的永生，便靠的是那在各个时代中少数读者的存在，实证那个永生的可能的梦。对于在商业习惯与流行风气下所能获得的多数读者，有心疏忽或不大关心，都势不可免。

另外还有一种作家，写作动力也可说是为痛苦，为寂寞，要娱乐，要表现。但情绪生活相当稳定，对文学写作看法只把它当作一种中和情感的方式。平时用于应世的聪明才智，到写作时即变成取悦读者的关心，以及作品文字风格的注意。作品思想形式自然能追随风气，容易为比较多数读者接受。因此一来，作品在社会上有时也会被称为“伟大”，只因为它在流行时产生功利作用相当大。这种作家在数量上必相当多，作品分布必比较广，也能产生好影响，即使多数读者知稍稍向上，也能产生不好影响，即使作者容易摹仿，成为一时风气，限制各方面有独创性的发展。文学史上遗留下最多的篇章，便是这种作家的作品。

另外又还有一种作家，可称为“新时代”产物。这种作家或受了点普通教育，为人小有才技，或办党从政，出路不佳，本不适宜于与文字为缘，又并无什么被压抑情感愿望迫切需要表现，只因为明白近二十年有了个文学运动，在习惯上文学作家又有了个特殊地位，一个人若能揣摩风气，选定一种流行题目，抄抄撮撮，从事写作，就可很容易的满足那种动物基本欲望。于是这种人就来作文学运动，来充作家。写作心理状态，完全如科举时代的应制，毫无个人的热忱和兴趣在内。然而一个作家既兼具思想领导者与杂耍技艺人两种身分，作品又被商人看成商品，政客承认为政治场面点缀品，从事于此的数量之多，可以想象得出。人数既多，龙蛇不一，当然也会偶然有些像样作品产生，不过大多数实无可望。然而要说到“热闹”或“成功”时，这些作家的作品，照例是比上述两种作家的作品还容易热闹成功的。只是一个人生命若没有深度，思想上无深度可言，虽能捉住题目，应制似的产生作品，因缘时会，作伪售巧，一时之间得到多数读者，这种人的成就，是会受时间来清算，不可免要随生随灭的。

好作家固然稀少，好读者也极难得！这因为同样都要生命有个深度，与平常动物不同一点。这个生命深度，与通常所谓“学问”积累无关，与通常所谓“事业”成就也无关。所以一个文学博士或一个文学教授，不仅不能产生什么好文学作品，且未必即能欣赏好文学作品。普通大学教育虽有个习文学的文学系，亦无助于好作品的读者增多或了解加深。不良作品在任何时代都特别流行，正反映一种事实，即社会上有种种原因，养成多数人生下来莫名其妙，活下来实无所谓，上帝虽俨然给了他一个脑子，许他来单独使用这个脑子有所思索，总似乎不必要，不习惯。这种人在学校也热诚的读莎士比亚或曹子建诗，可是在另外一时，却用更大热忱去看报纸上刊载的美人蟹和三脚蟾。提到这一点时，我们实应当对人生感到悲悯。因为这也正是“人生”。这不思不想的动物性，是本来的。普通大学教育虽在四年中排定了五十门课目，要他们一一习读，可并无能力把这点动物性完全去掉。不过作者既有感于生命重造的宏愿和坚信，来有所写作，读者自然也有想从作品中看出一点什么更深邃的东西，来从事阅读。这种读者一定明白人之所以为人，为的是脑子发达已超过了普通动物甚远，它已能单独构思，从食与性两种基本愿望以外玩味人生，理解人生。他生活下来一种享受，即是这种玩味人生，理解人生。或思索生命什么是更深的意义，或追究生命存在是否还可能产生一点意义。如此或如彼，于是人方渐渐远离动物的单纯，或用推理归纳方式，或单凭梦幻想象，创造出若干抽象原则和意义。我们一代复一代便生存在这种种原则意义中，或因这种种原则意义产生的“现象”中。罗素称人与动物不同处，为有“远虑”，这自然指的是人类这种精神向上部分而言。事实上多数人与别的动物不同处，或许就不过是生活在因思索产生的许多观念和工具中罢了。近百年来这种观念和工具发达不能一致，属于物质的工具日有变迁，属于精神的观念容易凝固，因此发生种种的冲突，也就发生各式各样的悲剧。这冲突的悲剧中最大的一种，即每个民族都知道学习理解自然，征服自然，运用自然，即可得到进步，增加幸福。这求进步幸福的工具，虽日益新奇，但涉及人与人的问题时，思想观念就依然不能把战争除外，而且居然还把战争当作竞争生存唯一手段。在共同生活方面，集群的盲目屠杀，因工具便利且越来越猛烈。一个文学作家如果同时必然还是一个思想家，他一定就会在这种现象上看出更深的意义。若明白战争的远因实出于“工具进步”与“观念凝固”的不能两相调整，就必然会相信人类还可望在抽象观念上建设一种新原则，使进步与幸福在明日还可望从屠杀方式外获得。他不会否认也不反对当前的战争，说不定还是特别鼓吹持久战争的一分子，可是他也许在作品中，却说明白了这战争的意义，给人类一种较高教育！一个特殊的读者，他是乐意而且盼望从什么人作品中，领受这种人生教育的。

若把这种特殊读者除外不计，试将普通读者来分一分类时，大致也有不同的三种：一是个人多闻强记，读的书相当渊博，自有别的专业，惟已养成习惯，以阅读文学作品来耗费剩余生命的。这种人能有兴趣来阅读现代小说的，当然并不怎么多。二是受了点普通教育，或尚在学校读书，或已服务社会，生来本无所谓，也有点剩余生命要耗费，照流行习惯来读书的。既照流行习惯读书，必不可免受流行风气趣味控制，对于一个作品无辨别能力，也不需要这种能力。这种读者因普通教育发达，比例上必占了一个次多数。三是正在中学或大学读书，年纪青，幻想多（尤其是政治幻想与男女幻想特别多），因小说总不外革命恋爱两件事，于是接受一个新的文学观，以为文学作品可以教育他，需要文学作品教育他（事实上倒是文学作品可以娱乐他满足他青年期某种不安定情绪），这种读者情感富余而兴趣实在不高，然而在数量上倒顶多。若以当前读者年龄来分类，年纪过了三十五，还带着研究兴趣或欣赏热忱的读者，实在并不多。年纪过了二十五，在习惯上把文学作品当成教育兼娱乐的工具来阅读的，数目还是不甚多。唯有年龄自十五岁到二十四岁之间，把新文学作家看成思想家，社会改革者，艺员明星，三种人格的混合物，充满热忱和兴趣，来与新作品对面的，实在是个最多数。这种多数读者的好处，是能够接受一切作品，消化一切作品。坏处是因年龄限制，照例不可免在市侩与小政客相互控制的文学运动情形中，兴趣易集中于虽流行却并不怎么高明的作品。

若讨论到近二十年新文学运动的过去以及将来发展时，我们还值得把这部分读者看得重要一些。因为他们其实都在有形无形帮助近二十年新出版业的发达，使它成为社会改革工具之一种，同时还支持了作家在社会上那个特殊地位。作家在这个地位上，很容易接受多数青年的敬重和爱慕，也可以升官发财，也可以犯罪致死，一切全看这个人使用工具的方法态度而定。所以如从一个文学运动理论家观点看来，好作家有意抛弃这个多数读者，对读者可说是一种损失，对作家也同样是一种损失。这种读者少不了新文学作品，新文学作品也少不了他们。一个好作品在他们生活中以及此后生命发展中，如用的得法，所能引起巨大的作用，显然比起别的方面工具来，实在大得多得多。然而怎么一来，方可望使这种作家对于这种多数读者多有一分关心？这种读者且能提高他的欣赏兴趣，从大作品接受那种较深刻的观念？在目前，文学运动理论家，似乎还无什么确定有力的意见提出。尤其是想调和功利思想与美丽印象于一个目的，理论不是支离破碎，就是大而无当，难望有如何效果。

我们也可以那么说，关于有意教育对象而写作这件事，期之于第一种作家，势无可望。至于第二种作家呢，希望倒比较多。至于第三种作家呢，我们却已觉得他们似乎过分关心读者，许多本来还有点成就的作者，都因此毁了。我们只能用善意盼望他们肯在作品上多努点力，把工作看得庄严一点，弄出一些成绩。怕的是他们只顾教育他人，忘了教育自己，末了还是用官派作家或委员董事资格和读者对面，个人虽俨然得到了许多读者，文学运动倒把这一群读者失去了。

一面是少数始终对读者不能发生如何兴趣，一面是多数照老办法以争夺群众为目的：所以说到这里，我们实触着了一个明日文学运动的问题。我们若相信这件事还可以容许一个作家对于理论者表示一点意见，留下一些希望，应当从某一方面来注意？个人以为理论家先得承认对第一种作家，主张领导奖励是末节小事，实不必需。这种作家需要的是“自由”，政治上负责人莫过分好事来管制它，更莫在想运用它失败以后就存心摧残它，只要能用较大的宽容听其自由发展，就很好了。至于第三种作家呢，如政治上要装幌子，以为既奖励就可领导，他们也乐于如此“官民合作”，那就听他们去热闹好了。这些人有时虽缺少一点诚实，善于诗张为幻，捧场凑趣，因此在社会也一时仿佛有很大影响。不过比起社会上别的事情来，决不会有更了不得的恶影响的。这些人的作品虽无永久性，一时之间流行亦未尝不可给当前社会问题增加一种忍受能力与选择能力。但有一点得想办法，即对于第二种不好不坏可好可坏的作家，如何来提出一种客观而切实意见，鼓励他们意识向上，把写作对于人类可能的贡献，重新有一个看法。在他们工作上，建立起比“应付目前”还稍微崇高一些的理想。理论者的成就如何，我们从他个人气质上大约也可以决定：凡带政客或文学教授口吻的，理论虽好像具体，其实却极不切题，恐无何等成就。具哲学与诗人情绪的，意见虽有时不免抽象凿空，却可望有较新较深影响。这问题与我题目似乎相去一间，说下去恐与本题将离远了，所以即此为止。

一个作家对于文学运动的看法，或不免以为除了文学作品本身成就，可以使作品社会意义提高，并刺激其他优秀作品产生，单纯的理论实在作不了什么事。但他不一定轻视具有诚实良好见解的理论，这一点应当弄明白。目下有一件事实，即理论者多数是读书多，见事少，提出来的问题，譬如说“小说”这么一个问题吧，问题由一个有经验的作家看来，就总觉得他说的多不大接头。所以关于这类意见，说不定一个作家可能尽的力，有时反而比理论者多。

谈文学的生命投资

××先生：

谢谢寄来各件，我并不懂诗，尤其不懂近十年来的“诗”，对你作品得失自然也说不出什么道理。不过试从散文观点看，你作品运用文字实在太讲究了，似乎只想向深处走，求于精美中见深，企图运用抒情词藻和具有抽象意味名词糅成一体，结果是文格理解稍窄受其拘束，因之不免有点涩味。写来虽十分费心，可得不到共通传递效果。若写诗也许值得你从近三十年新诗作个广泛的探索，可望得点新的启发。最好还是用手中笔转而写散文，兼叙人事的散文，不太拘泥于故事所需要的过程完整，却容许在景物印象、语言对比、观念诠释、人事发展上作各种不太谨严的段片拼合，涂金绘彩至于夸侈，素朴无华近于贫俭，粗俗中增饰妩媚，庄肃中又注入点点幽默，总之，如彼或如此，重在将一支笔向各方面活用。这一面可引导你手中笔紧贴住事，在叙述上即容易落实、具体。另一面，又可望将一些属于抽象观念和纯粹抒情的词藻，加以节制、拣选。因为这个习惯的获得，文字用得准确而用力。这自然也只是我一种推想，未必对你写作有用，为的是各人有一分各不相同的经验背景，对文字对人事，感受反应也不尽同，简单原则实并不适用于每一人。惟就事言事，你值得那么试试。至于纯粹照我的习惯经验取法，恐无意义。正如每一个船长不必如哥伦布方式航海。我因缺少基础工具，方从标点起始，一点点学习，慢慢的把传统作广泛吸收、消化、综合，而又努力将这个传统抛弃，试用种种文格来在我所接触的人生，作种种塑造重现试验。试验了近三十年，对自己还不脱离学习状态，对读者自然也只能留下个模糊印象。若把精力浪费和工作成就比较比较，就可知成就实在极少，生命却已浪费太多，这对我纵不妨事，对于一个正常人的生命而言，实在太不经济了，工作未免太费事，担负未免太沉重了。这么写作一支笔常常不免把作者带入了宗教信徒和思想家领域里去，每到搁笔时衰弱的心中必常常若有一种悲悯情绪流注，正如一个宗教信徒或一个思想家临死前所感到的沉静严肃。并且我明白，也幸而是写小说，无节制的大规模浪费，方能把储蓄积压的观念经验，慢慢耗尽，生命取得平衡。若写诗，情绪过于集中，耗费不了，恐就只有为一堆观念一堆人事印象滞塞疯狂而死了。

提到这一点时，你想必能明白，因为你的诗节见出沉思的组织和对于文字的较深领会。要写作，把工作慢慢持续发展下去吧。这也正是一种战争，可比那些大将军应付目前的问题还困难得多，需要一个人从完全孤寂沉默中来完成，待突破的却是文学史上一堆作品作成的高墙。这是种艰辛事业，不是普通职业，唯有人肯把生命作无取价的投资，来寄托一点希望的，方能参加，而不至于中途改辙或短期败北。